봄으로 오시는 당신

봄으로 오시는 당신

김용순 수필집

인쇄일 | 2024년 10월 25일
발행일 | 2024년 10월 30일

지은이 | 김용순
펴낸이 | 김영빈
펴낸곳 | 도서출판 시아북(詩芽Book)

출판등록 | 2018년 3월 30일
주소 | 대전광역시 동구 선화로214번길 21(3F)
전화 | (042) 254-9966
팩스 | (042) 221-3545
E-mail | siab9966@daum.net

값 13,000원

ISBN 979-11-94392-03-3(03810)

* 본 도서는 충청남도, 충남문화관광재단의 후원으로 발간되었습니다.

시아북수필선 014

봄으로 오시는 당신

김용순 수필집

어머니는 봄이 되셨지요? 제가 존경하는 어느 수필가는
"새까맣게 잘 여문 분꽃 씨앗이 어느 날 '똑' 하고 땅에
떨어질 때, 그 생명 속으로 들어가 분꽃으로 다시 태어
난대도 무방하다."라고 하던데

어머니는 노오란 봄이 좋으셨어요?

이렇게 봄바람이 훈훈하면 당신의 숨결을 느낍니다.

시아북
詩芽BOOK

수필집을 엮으며

앞서 수필집 세 권을 세상에 내보냈다. 그 일이 명예나 권력이 되거나 재산을 불려주지는 못했다. 그런데도 다시 네 번째 수필집을 묶는다.

수필을 쓰는 일은 나를 둘러싸고 있는 허울, 심지어 다수의 보편적인 생각이나 나에 대한 사회의 시선조차 벗어던지고 근원에서 출발하는 여행이다. 온전히 자유로운 상태에서 상상의 길을 가며 존재의 결여에 슬퍼하고 나아가 생의 불가피성이나 불완전성에 대해 질문하고 고민하다가 그리스인 조르바처럼 춤을 추기도 한다.

그래서 노트북을 펼 때는 설레기까지 한다. 하루 중 컨디션이 가장 좋은 새벽 시간을 수필에 우선 할애해 온 걸로 봐서도 이 쓸모없는 자유로움이 이제껏 나를 존재케 하는 유용한 일이었음이 틀림없다.

무용한 풀벌레 울음이나 밤하늘의 잔별들이 아름답듯이 감히
『봄으로 오시는 당신』도 그러하기를 꿈꿔본다. 나아가 누구에겐
가 어느 한순간이라도 그렇게 쓰일 수 있다면 더없이 좋겠다.

2024년 갈바람 이는 창가에서

차례

2장 하늘로 가는 길

3장 길을 찾는 여정

4장 마음 한 자락 남겨두고

봄으로 오시는 당신

김용순 수필집

1장

그 사람

이 말만은

　광활한 초원을 달린다. 사람도 짐승도 날아가는 새 한 마리조차 보이지 않는다. 건물도 나무도 없으며 끝조차 보이지 않는 넓은 초원 위로 잿빛 하늘이 내려와 있을 뿐이다. 움직이는 거라곤 오로지 요란한 빗줄기뿐, 광야를 쓸어오는 빗물에 물보라를 일으키며 달려간다.

　원래 이 나라에는 배수시설이 안 돼 있다고 한다. 더구나 도심에서 벗어나 사막으로 가는 길이다. 이러다 보니 비포장도로는 수시로 빗물에 잠긴다. 마치 강을 가듯 물살을 가르며 초원을 달린다.

　광해 지수가 낮아 별이 지상으로 내려오고 하늘이 가장 잘 보인다는 곳, 몽골의 사막으로 간다. 한 시간여 달리고 나서야 빗물 흐르는 차창 밖으로 깜박이는 자동차 불빛 하나가 겨우 다가왔다가는 뒤로 멀어진다. 지구 밖 세상에 온 듯하다. 그 사람도 이런 길로 갔을까. 하늘로 갔다는 그 사람을 찾아서 간다.

그 사람이 떠난 후, 다 산 후에는 어떻게 되는지 몰라서 안타까웠다. 사후세계는 과연 존재하는 걸까. 어머니의 무덤도 그러더니 그 사람의 봉안당도 허무하기 그지없었다. 책에서 읽은 대로 우리의 육신은 자아를 둘러싼 껍데기에 불과할까. 그렇다면 껍데기를 벗어난 자아는 어디로 간 것인가. 환하게 웃던 얼굴, 나지막한 말소리, 퇴근하여 발 닦던 모습조차도 그리웠다. 죽으면 끝이라는 말은 믿을 수가 없었다. 어딘가에 반드시 소통할 수 있는 영혼이 있을 거라 생각되었다.

어떤 시인은 하늘로 돌아가 별이 된다고 했다. 그 말을 믿고 싶었다. 그런 믿음을 가지게 된 계기 중 하나가 봉안당을 찾았던 어느 날의 일이다. 추모를 마치고 나서도 발길이 떨어지지 않았다. 남은 식구들이 근처에 마련된 벤치에 모여 앉았다. 무슨 말을 해야 하나, 침묵만이 무겁게 내려앉았다. 한동안 그러고 있는데 갑자기 흰나비 한 마리가 나타났다. 나도 모르게 아들딸을 향해 "아빠다!" 하고 외쳤다. 나비는 팔랑팔랑 날아 딸아이 어깨에 잠시 내려앉더니 다시 날아올라 우리의 머리 위를 골고루 사뿐사뿐 날았다. 그러고도 벤치 주위를 한 바퀴 더 돌고는 사라졌다.

그때 그 사람이 옆에 있다는 느낌이 들었다. 죽음학의 권위자 정현채 서울의대 명예교수는 그런 걸 사후통신이라고 한다. 어딘가에 존재하는 영혼이, "나 잘 있다, 너희들도 잘 지내기를 바란다."라는 메시지를 전하기 위해 의외의 시간과 장소에 나비나 무지개 등으로 나타난단다. 날씨가 쌀쌀하여 딸아이는 분명 검은색 버버리패딩을 덧입었었는데, 나비가 날아오다니….

내 의식은 과거와 현재를 넘나들고 버스는 광야를 달린다. 해발 1,500여 미터의 고원에서는 날씨를 종잡을 수 없다. 언제 그랬냐는 듯이, 퍼붓던 소낙비가 멎어있다. 저만치 지평선과 맞닿은 하늘에는 흰 구름이 몽실몽실 피어오른다. 앞자리에 앉은 일행이 "무지개다!" 하는 소리에 창밖을 보니 커다란 무지개가 하늘 가득 선명하다. 뒷자리에 앉은 나는, 내려달라고 어린애처럼 소리쳤다. 내 한국말이 몽골어로 통역되어 맨 앞의 운전기사에게 전해지고 그가 동의하게 되기까지 긴 시간이 흐른다. 다른 사람들도 이구동성으로 내리자고 법석거리자 이윽고 도로변 풀밭에 버스를 정차시킨다.

내가 찾아가는 걸 알고 마중 나온 건가…. 서둘러 내려서 무지개를 향해 두 팔을 높이 들었다. 사진을 찍느라고 소란스러운 사람들에게서 비켜나 상념에 잠긴다.

기사는 서둘러 여행객을 다시 태우고 초원을 달린다. 아마 날이 어두워야 목적지인 엘승타슬하이 사막에 도착할 수 있을 거 같다. 여행안내서에는 아름다운 별밤을 체험할 수 있다고 쓰여 있었다. 하늘 가득 떠서 지상으로 내려오는 별 무리를 상상하며 간다. 그 많다는 별 중에 어느 별일까, 무슨 말부터 해야 하나.

팬데믹 사태로 안에서 걸어 잠근 병원 현관문에 가로막힌 채 작별 인사도 제대로 못 했었다. 미안하다고, 이 말만은 해야 했는데…. 살면서 불만이 많았었다. 이해할 수 있는 문제들인데 굳이 옳고 그름을 가려야 했었는지, 홀로 떠나는 길에 아무것도 해줄 수 없었으면서….

그 사람이 가고 난 후 이러저러한 문제가 들이닥쳤지만, 해결할 수 없는 건 미안한 마음뿐이다. 들으려 했던 미안하다는 그 말, 이제 내가 하려 한다. 몹시 아프고 두려웠을 텐데 떠나기 며칠 전까지도 전화기 화면에서 환하게 웃어주던 얼굴이 차창에 어린다.

봄으로 오시는 당신

  납작 엎드려 눈보라를 견딘 벌씀바귀가 이파리 끝을 살포시 올리네요. 색깔마저 겨울 밭을 닮아 눈에 띄지도 않더니, 이제는 푸른빛마저 돌기 시작합니다. 봄이 온다는 기별이지요.

  봄으로 오시던 어머니, 문득 그립습니다. 지난겨울은 너무나 추웠기에 당신의 온기가 간절합니다. 마냥 기다릴 수 없어 채비를 합니다. 비가 오고 기온이 다시 내려간다는 일기예보가 있습니다만 괘념치 않습니다.

  어머니는 봄이 되셨지요? 제가 존경하는 어느 수필가는 "새까맣게 잘 여문 분꽃 씨앗이 어느 날 '똑' 하고 땅에 떨어질 때, 그 생명 속으로 들어가 분꽃으로 다시 태어난대도 무방하다."라고

그 사람

하던데 어머니는 노오란 봄이 좋으셨어요? 이렇게 봄바람이 훈훈하면 당신의 숨결을 느낍니다. 아직 소소리바람이 매섭던 이른 봄날, 삼거리 이랑 긴 밭에서 괭이질하시던 모습으로 다가오시네요. 그 긴 밭을 종일 일구자니 얼마나 진력나셨어요. 촌부자 일부자라지요. 사기장고개를 넘고 보랫개울을 건너 학교에 다녀온 저는 책보를 끄를 새도 없이 달려가 안겼습니다. 봄볕에 그을렸지만, 어머니에게서는 활짝 핀 목련향이 났습니다.

어머니! 새농골 우리 선산에서의 가슴 저미던 날도 기억나요. 아버지가 관으로 내려지자 기꺼이 한 삽의 흙이 되려고 하셨지요. 얼떨결에 겨우 붙잡았습니다만, 어떡하라고, 나 혼자 어떡하라고 혼자 가냐고 주저앉던 어머니를 저도 어떡해야 하는지 몰라서 혼란스럽기만 했었습니다. 백일기도 끝에 얻은 당신의 어린 외아들은 옆에서 커다란 눈만 끄먹거렸지요.

며칠 전 그 동생에게 문자를 보냈는데 아직 답이 없습니다. 저는 그저 궁금할 뿐이지만, 당신은 애가 타지요. 다 컸으니 걱정하지 마시어요. 제짝 만나 알콩달콩 사는 모습 보여 드리지 못하는 동생도 편치는 않을 겁니다. 어머니 품 안에서는 입엣것도 나눠 먹던 식구였는데 세월 따라 자꾸 멀어집니다. 당신의 바람대로 살지 못해 죄송합니다.

어머니, 준비 없이 맞이한 사별 여정을 어떻게 견디셨나요. 아침에 잠이 깨어도 눈 뜰 수 없는 날을 어떡하나요. 눈을 감아도 머릿속은 혼돈의 상태입니다. 온갖 생각이 뒤섞여 아무 생각이 없는 것과 마찬가지로 혼란합니다. 모든 슬픔에는 끝이 있다는 로버타 템즈의 책을 붙잡고 있지만, 책장을 넘길 수 없이 자꾸만 가라앉아요. 낮이 없는 날들이 이어져 며칠간이나 이불에 파묻혀 지내기도 했습니다.

빗방울이 떨어집니다. 차창으로 흐르는 빗물을 와이퍼로 닦아내며 남으로 달립니다. 지리산 자락 어디쯤 차를 세웠습니다. 산수유 가지마다 꽃물이 터져 나왔네요. 저 멀리 노란 산모롱이가 꿈결인 듯 아스라합니다. 몸이 훈훈해지는 걸 느낍니다. 아래로만 가라앉던 몸이 노란 능선을 타고 오릅니다. 산수유 노란 꽃으로 오신 당신, 심장이 고동치고 이내 매운맛이 코끝으로 올라옵니다.

꽃잎마다 눈물방울이 맺혔네요. 어머니, 저 괜찮습니다. 벌써 일 년이나 지났는걸요. 기제사는 간소하게 지냈어요. 당신의 외손자가 제상을 차렸습니다. 제 아비의 위패 앞에 무릎을 꿇고 엄숙한 어조로 축문을 읽더라고요. 넓은 등을 혼자 보았네요. 같이 낳아 함께 고생하며 키웠는데 혼자서만 누리는가 싶어서 또 미안했습니다. 가야 할 길이라지만, 그리도 아끼던 아들마저 두고 뭐가 그리 급했는지요. 서둘러 떠나간 정서방을 원망하다가는 가장 거친 물살의 강을 건너던 모습이 떠올라 불평을 거두었습니다.

그나마 자식이 위안이 됩니다. 그런데 철없던 저는 청상이던 어머니에게 아무 도움도 드리지 못했었네요. 이제는 후회해도 소용없이 당신은 멀리 계십니다.

시샘 바람에 발갛게 언 채 새순 내미는 벌씀바귀로 기별하시더니 기어이 먼 길을 돌아 산수유 노란 꽃물로 활짝 피셨네요. 지난겨울이 너무나 추워서 아주 가신 줄로만 알았습니다. 봄으로 오신 어머니, 저도 다 살고 난 후에는 그렇게 환생하고 싶습니다. 꽃다지로 노랗게 물들거나 새봄을 기별하는 봄까치꽃이어도 좋겠네요. 그리하여 상실의 고통으로 휘청거리는 누군가에게 온기 어린 지팡이로 다가서렵니다.

훈훈한 바람이 붑니다. 은실비 시나브로 잦아드네요. 집으로 돌아갈 때쯤이면 눅눅한 회색 하늘일랑 말갛게 말려 놓으실 테지요.

청포도 맛 캔디 두 알

청포도 맛 캔디가 비닐 안에서 말간 눈망울로 올려다본다. 비닐은 투명하지만, 엄연히 존재하기에 기밀의 기능으로 청포도의 향도 사탕의 맛도 느낄 수는 없게 한다. 성급히 다가와서 주민등록증 대신 쥐여 주던 담당 주무관의 고운 눈이 겹친다.

언제부터인가 남편을 대신하는 건 주민등록증이 아닌 여권이나 운전면허증 같은 시한부 신분증이었다. 여권은 이미 유효기간이 지나 폐기되었다. 운전면허증도 적성검사를 받지 못해 곧 말소된다고 했다.

'주민등록증이 있어야 주민이지.'

코로나19의 창궐로 문밖출입조차 꺼려지는 상황이었지만, 마

그 사람

스크로 무장하고 발급기관을 찾았다. 분실신고도 재발급 신청도 당사자가 직접 와야 할 수 있단다. 돌아와서 정보를 검색하다가 인터넷으로도 신청이 가능하다는 글을 찾아냈다. 정부24 사이트에 접속한 후 병실에 누워있는 남편에게 영상 전화를 걸었다. 자료를 주고받아 입력하며 분실신고와 재발급 신청 절차를 마쳤다. 접수 후 몇 달 같은 며칠을 견디고 주민등록증이 재발급되었으니 찾아가라는 문자를 받았다. 이제 됐다 싶었다. 그러나 본인이 아니면 신청접수가 불가하다던 주무관은 이번에도 본인이 아니라서 교부할 수 없단다. 잘 아시잖냐는 말이 너무나 차가웠다. 줄줄이 연결된 튜브와 산소통을 끌고 오란 말인가. 이미 발급된 남편의 주민등록증을 손에 쥐고 내어주지 않는 담당 공무원이 야속하기만 했다.

오미크론이라는 변이바이러스는 정점을 향해 확진자를 쏟아내기 시작했다. 그렇다고 앉아있을 수만은 없었다. 담당자의 도움을 받아 신청하면 대리 수령이 가능하다는 정보에 매달려 다시 발급신청을 시도하기로 했다. 지문을 채취해야 하니, 입원 병원과 가까운 행정복지센터가 낫지 싶었다. 가장 가까운 곳을 찾았다. 다행히 젊은 주무관은 기꺼이 도와주겠다며 몇 가지 서류를 확인하고 이것저것 적더니 일주일쯤 후 연락이 갈 것이라 했다. 그사이 남편의 숨은 한 차례 리듬을 깨트렸다.

약속한 날짜가 되어도 소식이 없어 전화했더니, 담당 주무관이 오미크론에 감염되어서 닷새 후에나 업무 복귀가 가능하다고 했다. 어쩔 수 없이 닷새를 다시 견디고, 그제야 출근한 주무관은 방호복 차림으로 남편의 병실로 들어가 재발급신청 절차를 마무리 지어 주었다. 기다리는 나에게, 선생님은 건강하시다고, 지문 채취도 잘 마쳤다고 위로했지만 초조했다.

톨스토이는 '사람은 무엇으로 사는가'를 통해 이렇게 말한다, 사람에게는 자신에게 무엇이 필요한지를 아는 능력이 주어져 있지 않다고. 나는 남편에게 주민등록증이 필요한 줄로 알았다. 주민등록증을 재발급받아 주는 일은 내가 해야 할 의무인 줄로만 알았다. 유효기간이 정해져 있지 않은 주민등록증은 영원한 그의 숨이었기에 그동안 허투루 보낸 시간이 안타깝기만 했다. 처음부터 '젊은 주무관'을 찾아 현장 접수를 했더라면, 코로나19가 그 직원을 덮치지만 않았다면 적어도 한 달 이상의 시간을 허비하지 않아도 되었을 텐데….

상황은 점점 악화하였다. 남편의 산소포화도 수치는 시소를 타고, 옥죄어 오는 정부의 방역 수칙으로 면회조차 할 수 없었다. 병동 건물 밖에서 스마트폰을 통해 단편적인 근황만을 살폈다. 20여 일만 더 견디면 주민등록증이 나온다. 그러나 불규칙하게 잦아들던 남편의 숨은, 더는 견디지 못하고 기어이 멎고 말았다.

며칠이 허둥지둥 가고 그런 와중에 주민등록증이 발급되었다는 연락을 받았다. 제정신이 아니었나 보다. 한달음에 달려갔다. 이미 기능을 상실했지만, 간직하고 싶다고 했다. 회수하는 게 원칙이란다. 못내 자리를 뜨지 못하는 나를 세워두고, 상사인 듯한 직원에게 가서 자문하고 온 주무관은 더욱 단호하게 내어드릴 수 없다고 했다. 만져보기라도 하자는 체념의 소리가 울림을 일으켰나 보다.

더는 소용이 없어진 남편의 주민등록증, 손안에서 그가 도리질하며 반짝거렸다. 스마트폰을 꺼내 영상으로 담았다. 그러고는 남편을 그랬듯이 주민등록증을 돌려보내야 했다. 내 몸이 녹아내리는 듯 바로 설 수 없었다. 황급히 다가온 주무관이 음료 권하는 소리가 어렴풋이 들리며 손에 무언가 쥐어졌다. 캔디 두 알이었다.

남편에게 주민등록증이 더는 필요 없을 거란 생각을 차마 하지 못했다. 잠시 후의 일을 모른 채, 일 년을 신어도 모양이 변치 않고 실밥이 터지지 않는 가죽 장화를 주문한 '사람은 무엇으로 사는가'의 인물, 그 신사였다. 신사는 구두장이조차 처음 보는 최고의 가죽을 구해 왔지만, 장화를 주문하고 돌아가는 길에 마차에서 떨어져 최고급 장화는커녕 어떤 장화도 신을 수 없게 되었다. 나 역시 예후가 좋지 않다던 담당 의사의 서늘한 눈빛을 진즉에 읽었어야 했다. 그러나, 설령 그렇다고 해도 받아들일 수 없었고, 그러기에 지푸라기라도 잡아야 했다.

힘겹게 버티던 모습이 채찍으로 다가온다. 영상으로만 존재하는 주민등록증 대신 캔디 두 알의 실체를 본다. 비닐을 벗겨내고 입에 넣으면 새콤하고 달콤하려나.

저무는 빈 둥지에 날개를 접고

　여행에서 돌아오는 차 안이었다. 스치는 창밖 풍경에 눈길을 둔 채 뒷자리에서 졸고 있는데 무릎 위 핸드백으로부터 미세한 진동이 전해왔다. 전화기를 꺼내 열어 보니 교통법규를 위반했으니, 벌점을 확인하라는 문자가 오는 소리였다.

　집 근처 초등학교 앞을 지나다니며 규정 속도를 위반하기라도 했나 싶어 문자의 URL을 누르니 경찰청 홈페이지로 연결되었다. 주민등록번호와 전화번호 등 이것저것 요구하는 로그인 절차를 거쳐 확인했지만, 웬일인지 깨끗했다. 이상하다는 혼잣말을, 앞에서 운전하던 여인이 용케 듣고는 스미싱 아니냐며 졸음기 덜 가신 의식에 일침을 가했다.

그 무렵 의욕 없이 가라앉은 마음으로 지내고 있었다. 흐르지 않는 시간에 갇혀 주어진 일만 겨우 소화하는 지경이었다. 일이라야 여가선용 차 주 사흘 나가는 게 고작이니 나머지 긴 시간을 그렇게 지냈다. 아무렇지 않게 넘길 사소한 일에도 공연히 꼬리를 이으며 곱씹다가 마음을 다치기도 했다. 떠난 이의 2주기가 다가오자, 몸이 먼저 날짜를 기억해 내는 모양이었다.

　하루는 외출에서 돌아와 여느 때처럼 지하 주차장으로 차를 몰았다. 그날따라 넓은 공간을 한 바퀴 다 돌아도 빈자리가 없어 옥외주차장으로 나가 차를 세웠다. 그날 밤 폭설이 내렸다. 여느 때 같으면 날이 밝기가 무섭게 쌓인 눈을 털어내고는 직장인들이 출근하기를 기다렸다가 지하 주차장의 빈자리를 찾아 이동주차했을 테지만, 그마저 번거롭게 느껴졌다. 눈이 내리며 낮에는 녹고 밤에는 쌓이는 날들이 계속되었다. 그러기를 며칠, 다시 외출할 일이 있어 나가보니 줄지어 주차한 차 가운데 덩치 큰 흰 곰 한 마리가 웅크리고 있었다. 아랫부분에는 고드름까지 주렁주렁 매달았다. 겨우 더듬어 문손잡이를 당겨 보았으나 죽음처럼 완강했다. 눈이 녹아 문틈으로 스미어 얼어버린 모양이었다.

　"사는 게 뭐 이래."

　그날 밤 잠자리에서 벽에 대고 하소연했다. 원하지도 않았는데 세상에 던져놓고는 공식도 없는 인간사 난해한 문제들을 들이대면 어떻게 풀라는 말이냐고 따졌다. 벽은 아무 말도 하지 않았다.

마침 읽고 있던 『장자』에 기대어 해답을 더듬었다. 장주가 직접 썼다는 내편에서 그는 인간의 얽힌 생각들이 얼마나 하찮은지 꼬집는다. 인간의 판단은 편협하며 편견에 사로잡혀 있다고 했다. 제물齊物 즉, 있는 것이면 모두 같다. 자연의 길은 걸림도 없고 상대성도 없고 차별도 없지 않나, 사람살이도 자연과 같아야 한다고 일갈했다.

딱새들은 그렇게 사는 것 같다. 매년 봄이면 분주히 날아다니며 잔가지나 마른 이끼 따위를 물어다가 둥지를 트는데 새끼의 몸이 닿을 가운데 부분에 이르러서는 자신의 가장 보드라운 솜털을 골라 뽑아낸다. 그렇게 둥지를 틀고는 알을 까고 새끼를 보살핀다. 둥지에는 인간의 그것처럼 냉장고나 다용도실 따위가 없으니, 새끼들이 쨱쨱거릴 때마다 먹이를 물어 나른다. 비바람이 몰아치는 날도 개의치 않고 둥지 밖을 분주히 날아다닌다. 그렇게 해서 새끼들 몸에 솜털이 나고 날개깃이 자라면 그들은 뒤도 안 돌아보고 뿔뿔이 흩어져 날아가고, 어미조차도 자연스럽게 둥지를 떠난다고 한다.

둥지를 버리고 각자 떠난 딱새들은 부모와 자식 간의 정을 끊고 어떻게 살아가는 걸까. 애지중지 키운 새끼가 보고 싶지 않을까. 배는 굻지 않는지, 발톱 세우고 달려드는 강자와의 먹이사슬에서 어떻게 연명하는지 걱정되지는 않을까. 헤어진 부부 새는 어떻게 인연의 질긴 고리를 끊을까. 아니 처음부터 인연 같은 건 따로 맺지 않았는지도 모르겠다. 장주는 그 또한 분별의 욕심이라고 했다.

제물론에서 딱새로 생각의 길을 열어가며 둥지 밖을 한동안 서성거렸다. 그날의 여행도 내 뜻이라기보다 가자기에 그저 따라나선 길이었다.

그런데 스미싱 아니냐는 그녀의 한마디에 퍼뜩 다가온 현실, 경찰청 홈페이지는 그럴듯했으나 눈여겨 다시 보니 가짜였다. 로그인 과정에서 내 정보는 이미 그들에게 넘어갔을 것이다. 평소 가진 게 없는 삶이라 여기며 살아왔는데 막상 신상정보를 털리고 나니 한동안 무겁게 가라앉아 일상을 끌어내리던 마음이 다급해졌다.

전화기는 그들이 원격제어할 수도 있으니 더는 만지지 않고 집에 도착하자마자 노트북을 열어 내가 받았던 문자를 검색해 봤다. 자동차 이동이 많은 설 명절을 전후해서 대량 살포된 스미

싱이라며 대처 방법까지 자세히 나와 있었다. 하나하나 짚어가며 핸드폰에 새로 깔린 앱을 제거하고 폰뱅킹과 모바일 소액결제도 정지시켰다. 신용정보가 기록된 기존의 앱에는 잠금장치를 추가했다. 생활비가 입출금되는 거래 은행에도 연락하고 멀리 변두리로 이전한 경찰서에도 찾아가고 행정복지센터에도 들러야 했다.

아무것도 아닌 내 일상이, 가진 것 없다고 여긴 나에게서 지켜내야 할 것이 이리도 많았던가, 이튿날까지 허둥대고 나서야 저무는 빈 둥지에 날개를 접을 수 있었다. 모처럼 편했다. 그제야 다가올 남편의 기일을 떠올렸다.

'날이 밝으면 우선 제기부터 꺼내 살피고, 제물은 좀 멀더라도 품질 좋은 물건을 파는 마트에 가서 사야 해. 이번에는 좋아하던 참돔을 큼지막한 놈으로 한 마리 회 떠서 제사상 가운데 올려 볼까. 장주는 죽는 것과 사는 것이 나란히 있다고 했으니, 남편의 혼백은 생전처럼 부지런히 젓가락을 놀리겠지. 아, 제 생일도 기억 못하며 바삐 지내는 둥지 떠난 내 새끼들에게도 한 번 더 연락해 둬야지….'

외면하고만 싶던 날인데 차근차근 준비하여 맞이하는 내가 빈 둥지 안에 있었다.

택배로 온 H마트

문자메시지가 또 온다. 폭염으로 온열질환자가 발생하고 있으니 주의하라는 경보이다. 이런 날에 나는 껍질 벗겨 도톰하게 썬 감자를 팔팔 끓는 물에 데치고 있다. 살짝 익혀낸 감자는 밀가루옷을 입혀 들기름에 지져낼 것이다. 감자가 지져지는 동안에 서둘러 파, 마늘, 풋고추를 다져 양념간장을 만들어놨다가 감자에 입힌 밀가루옷이 노릇노릇해지면 함께 버무려 통깨를 뿌릴 작정이다.

어머니를 흉내 내는 중이다. 어머니는 이맘때가 되면 부엌문 밖 화덕에 걸어 둔 땅솥을 들어내고 솥뚜껑만을 뒤집어 다시 올렸다. 그러고는 화력 조절이 쉽도록 장작이 아닌 솔가지를 태워

그 사람

가며 들기름 두른 솥뚜껑에 감자를 지져내었다.

　양념장에 버무린 감자부침은 부드럽게 씹혀 거친 보리밥과 잘 어울렸다. 그래서 무더위에 입맛 잃은 식구들의 밥상에 자주 오르고 우리의 도시락 반찬으로도 즐겨 담겼다.

　이른 아침 앞치마를 두른 어머니가 하품을 참으며 감자지짐을 도시락 반찬통에 쟁여 주던 모습이 선명하다. 읍내 여학교에 다니는 나를 첫차에 태우려면 새벽부터 밥을 짓고 도시락 반찬을 준비했을 것이다.

　뭐든 맛있게 먹으면 흐뭇해하던 어머니, 밥그릇 바닥을 긁는 것도 모자라 "더요!" 하고 빈 그릇을 내밀 때면 어쩌다가 상장을 받아올 때처럼 환하게 웃었다. 좀체 웃지 않는 어머니였기에 그런 모습을 보려고 철없는 나는 무엇이든 꾸역꾸역 먹어댔다. 지금껏 아무거나 가리지 않고 잘 먹는 것도 그때 비롯된 습관이지 싶다.

　바쁜 농촌의 안팎 일로 동동거리는 어머니지만, 식구들의 밥상을 차릴 때는 정성과 시간을 아끼지 않았다. 이 감자 반찬만 해도 그렇다. 이맘때면 헛간에 감자가 그득 찬다. 이때부터 끼니때마다 감자를 한 바가지씩이나 껍질을 벗겨서는 찌거나 볶고 때로는 조리거나 지져냈다. 자잘한 감자는 녹말을 내어 감자떡을 빚었다. 산더미같이 쌓인 감자를 다 먹어 치우도록 물리지 않았던 것은 그러한 요리법 덕이었다.

감자껍질은 칼로 깎아내지 않고 숟가락으로 긁어서 벗기는데, 단단한 놋숟가락이 닳아서 반달 모양이 될 정도로 많이 긁었다. 우리 집뿐 아니라 집집이 두서너 개씩 가지고 있는 그런 수저를 '야지래이'라고 불렀다. 그 이름은 감자가 반식량이던 고향 산촌에 전해 내려오는 방언으로, 아마도 '야지러지다'에서 파생된 말인 듯하다.

바쁜 어머니는 마당에서 뛰어노는 우리에게 놀지만 말고 감자라도 긁으라는 말을 자주 했다. 함지박 가득 감자를 사이에 두고 둘러앉아 야지래이로 감자를 긁다 보면 감자즙이 튀어 너나없이 얼굴에는 하얀 녹말꽃이 피었다. 정신없이 긁다가 서로의 하얀 얼굴을 보고는 까르르 웃어 재끼던 툇마루의 시간, 웃음소리가 들리는 듯하고 이내 가슴이 뭉클해 온다. 그리운 감정은 슬픔에 가까운가 보다.

문득 슬픔에 잠길 때가 있다. 그것은 하늘을 나는 비행기 앞의 구름 덩어리처럼 훅 다가온다. 이내 낙타 발자국조차 보이지 않는 저문 사막에 홀로 서야 한다. 출간 즉시 미국 서점가 베스트셀러에 오른 『H마트에서 울다』의 글쓴이 미셸 자우너도 그랬나 보다. 그녀는 미국 사람이지만 엄마는 한국인이었다. 그러므로

그 사람

한국 음식에 익숙하다. 엄마가 췌장암으로 그녀 곁을 떠나자, 한국 식재료를 취급하는 H마트를 자주 찾는다. 그곳에서 엄마가 끓여 주던 미역국 재료, 얼린 만두피, 큼직한 통에 담긴 깐마늘 등을 통해 더는 볼 수 없는 엄마의 옛 모습을 들춰낸다. 2층에 있는 한인 식당의 어느 할머니가 해물짬뽕을 먹다가 새우 머리와 홍합 껍데기를 밥뚜껑에 건져내는 모습을 보고는 그리움에 왈칵 눈물을 쏟는다.

그 눈물은 단순한 고통이 아니라 그리움의 눈물이기에 그녀를 괴롭히던 기억, 항암치료로 머리카락이 빠지고 뼈만 앙상한 엄마의 모습과 마약성 진통제의 복용량을 기록하던 자신의 기억에서 벗어나게 해준다. 대신 생전에 한국 음식을 조리하던 활기찬 엄마의 모습을 떠올리게 한다.

내 고향 산골에서 보내온 감자 한 상자, 미셸 자우너의 'H마트'를 나도 택배로 받았다. 알이 굵은 햇감자를 펼쳐놓고 상념에 젖는다. 배불리 먹이는 것이 사랑이라며 연기 매운 화덕 앞에서 감자를 지져내던 어머니, 정작 당신은 먹을 수 없는 상태로 말년의 오랜 시간을 견디다가 감자 캘 무렵에 먹지 않아도 되는 곳으로 떠나갔다. 편리를 추구하는 이기심에 그날이 와도 이제는 제사상마저 차리지 않는다. 하릴없이 어머니의 반찬만 흉내 내고 있다.

그 사람

해거름에 집을 나섰다. 그런데 밭으로 가려던 발길이 반대 방향인 오룡지로 향했다. 오룡지는 큰길 건너 천안종합운동장 가장자리에 있다. 작은 연못까지 거느린 꽤 넓은 쉼터로 도심에 있는데도 야생 상태로 보존되어 있다.

의식 너머의 혼돈이 오룡지를 원했나 보다. 카오스가 그런 거였을까. 온갖 생각으로 가득 차 있지만, 골자 없는 군더더기들이기에 실은 아무 생각이 없는 것이나 마찬가지였다. 뭔가를 해야할 텐데 아무것도 할 수 없었다.

그 사람의 빈자리가 나뭇가지에 덩그렇다. 온기 없는 빈 둥지 곁을 홀로 서성이는 나. 내 손으로 먹이고 입히던 어린 새들이 차례로 떠나도 상실감보다는 오히려 뿌듯함이 앞섰었다. 힘찬 날갯짓은, 그동안 돌보고 응원해 온 결실이고 보람 아니던가.

이제는 온전히 홀로 되어서 그런가. 빈자리가 광장으로 다가온다. 아이들이라도 왔다가 우르르 가버리고 나면 나도 둥지를 나서야 한다. 주로 가는 곳이 '해솔텃밭'이었다. 그곳에는 내 손길을 기다리는 작물들이 있다. 토마토 곁순을 따고 웃자란 콩순도 잘라주며 잡초도 뽑아 줘야 한다. 그러노라면 상실감이나 허망함이 땀과 함께 녹아내린다. 잡초에 묻혔던 이랑 고랑이 차츰 제 모습을 드러내는 것처럼 뒤엉킨 상념들에도 졸가리가 잡힌다. 돌아올 때면 상추, 가지, 애호박 등 이런저런 결실을 푸짐하게 들고 온다. 수확해 온 작물들로 식탁을 차리면 혼자라는 생각 따위는 잠시 물러간다. 그런데 그날은 그마저 시큰둥하여 밭으로 가려던 발길을 큰길 건너 오룡지로 돌렸다.

문득 돌아가신 시어머니가 생각난다. 신혼 시절이었다. 그 사람이 월급을 받아오면 시어머니를 찾아뵈었었다. 토요일 날 가서 한방에서 묵었는데 조심스러워서 잠이 안 왔다. 그때 이미 빈 둥지를 홀로 지키는 처지였던 시어머니는 내가 잠들 때까지 이런저런 이야기를 풀어놓으셨다.

청상으로 살아오자니 억울한 일인들 왜 없었을까. 화르르 일어나는 분노를 주체할 수 없던 어느 날, 마당 가의 양은대야를 집어 들고 뒷산을 오르셨단다. '운명아, 부서져라!' 양은대야를 두드려댔다고 하시며 목이 잠기셨다. 나는 그런 시어머니의 심정을 헤아려드리지 못했었다.

시어머니의 그 시절을 내가 살고 있다. 삼나무 무성한 숲을 지나자 작은 연못이 나타났다. 연못에는 청둥오리 가족이 한가로이 떠 있었다. 가장자리에서 흘러내리는 물길을 따랐다. 돌 틈 사이로 돌돌 흐르는 도랑물 소리가 들리다가는 안 들리기도 했다. 꽃 진자리에 열매를 매단 창포는 물살에 몸을 뉘었다가 다시 일어나는 일을 반복하고 있었다.

물길은 오룡지에서 멈추었다. 내 발길은 연잎 무성한 곳을 지나 못 주위로 이어졌다. 분홍색 털부처꽃과 보랏빛 벌개미취꽃이 한창이었다. 저만치에서 망종에 만개한다는 망종화도 몇 송이 남아서 처서까지 지난 늦여름을 노랗게 물들이고 있었다.

물가에 놓인 벤치 앞에서 발길을 멈추었다. 며칠간 내린 장맛비로 수량이 풍부해진 연못에는 지상의 모든 것이 들어가 놀고 있었다. 쪽물 하늘과 목화 구름, 홍점알락나비가 노닐고 방금 보았던 벌개미취도 떠갔다. 구름 사이로 커다란 비단잉어가 지나가며 팽나무 우듬지를 흔들어 놓았다. 연못에 마음 한 발 넌지시

담가보았다. 팽나무 어르신이 가지를 치워 주셨다. 비단잉어를 따라 구름 사이를 헤엄쳐 보기도 했다.

이윽고 물무늬에 흔들리는 팽나무 우듬지 아래로 붉은 해가 지나갔다. 그악스럽게 울어대던 말매미가 조용하고 찔떡찔떡 애매미 울음도 잦아들었다. 물 위로 눈길을 돌리니 팽나무의 울퉁불퉁한 밑동이 희미하게 다가왔다. 살아있는 나무라고 하기에 민망할 정도로 상처의 흔적들로 뒤덮였다. 색깔마저 팽나무 본연의 색을 잃어 시커먼데 그 위로 이끼들이 얼룩덜룩 자랐다. 온갖 바람과 서리 맞으며 오백 년 세월을 살아내는 중이라니 어찌 온전한 모습일 수 있겠는가. 험상궂게 변한 밑동에 손을 대고 살며시 쓸어 보았다. 겉보기와는 달리 보굿들이 쇠붙이처럼 견고하여 결기가 느껴졌다.

바람에 흔들리고 폭설에 가지가 부러져도 자리를 지켰을 나무. 나무는 제 몸을 떨어뜨리며 상처를 굳은살로 덮고는 계절의 순리대로 잎 피우고, 꽃 피우고 열매 매단다. 풀벌레들이 합창을 시작하자 하늘에 평행선을 긋던 멧비둘기 한 쌍이 늙은 팽나무 너른 품으로 파고들었다. 나는 빈 둥지로 돌아왔다. 팽나무 품에서 단잠을 자고 난 멧비둘기도 그 사람처럼 날아갔을 것이다. 홀로 남겨진 팽나무도 가지를 늘어뜨리고 서성거릴까.

그 선명한 구름꽃들 속으로

밤하늘이 울고 있습니다. 눈물이 산목련 나뭇잎으로 떨어지고 유리창을 타고 흐르기도 합니다. 며칠 전 선생님의 부음 문자를 접했을 때 한 자 한 자가 바위가 되어 가슴을 누르더니 이렇게 선생님과의 기억을 되살리려니, 다시는 뵐 수 없다는 생각에 안타까움이 보태집니다. 죽음이 동전의 양면과 같이 가까이 있고 하루하루가 그것을 향해 나아가는 것이라고 배웠지만, 선생님의 부음은 여전히 침입자로 낯설기만 합니다.

누구나 가야 할 길이라는 건 압니다. 그러나 그때가 언제일지 모른다는 것이 참으로 두렵습니다. 1942년에 이 세상에 오셨으니 아직은 순서가 아닌 듯한데 황망히 떠나시네요. 입회 순을 따

그 사람

져 봐도 아직은 아닌 것 같습니다. 제가 1992년에 입회하고 다음 해에 선생님께서 입회하셨으니 탈회도 그 순서로 이루어져야 하는 거 아닌지요.

선생님께서 살아오신 자취를 더듬어 봅니다. 요즘은 조경사업이 잘되어 아파트 서재에서도 산목련 푸른 잎을 감상합니다만, 선생님께서 나고 자라신 청양군 화성면 정자골은 그 자체로 아름다운 산천초목일 테지요. 선생님의 시편들에 잘 나타나 있었습니다. 홍성중학교에 다니셨다니 청양의 시절은 청소년기를 맞으며 마무리되는 거 같습니다. 이어 대전사범을 졸업하시고 고려대학교에서 영어영문학을 수학하시다가 길을 바꿔 오로지 후학들을 가르치는 일에 매진해 오신 걸로 압니다.

그런데 1995년에 발행된 《천안문학》의 등단특집 코너에서, 그동안 당신은 '이상과 현실 사이에서 방황'했다고 말씀하시네요. 그리고는 "내 일생을 통틀어 이런 큰 기쁨을 몇 번이나 누릴 수 있을까"라고 《창조문학》 신인상 등단에 특별한 의미를 부여하셨습니다. 당신의 본래 모습은 교육자에 앞서 시인이셨던 게지요. 이순이 되어서야 발간한 첫 시집 『그 선명한 꽃구름들』(2002)도 실은 젊은 시절 틈틈이 써 놨던 시들이었다지요?

어떤 이들은 암탉이 알 낳듯 시집을 쏟아내기도 합니다만, 당신께서는 이후에도 두 권 『그대를 기다리며』(2006), 『어떤 일월』(2012)을 상재하셨을 뿐 시집 발간을 욕심내지 않으셨습니다. 다만, 《천안문학》이나 《충남문학》에 가끔 한두 편씩 시를 발표하신 걸로 압니다. 비존재문학 동인으로는 언제까지 활동하셨는지요? 아무튼 선생님께서는 다작하기보다는 신중하게 창작하시고 꾸준히 발표하셨습니다.

선생님, 어디쯤 가시나요? 가시는 모습을 떠올려 봅니다. 뒷짐 지고 사부작사부작 가시네요. 전에도 그러셨지요. 제가 『천안문학』 편집을 담당하던 시절, 원고 마감일이 다가오면 제 근무처를 찾아오시곤 했습니다. 강의실에서 아이들과 씨름하다가 쉬는 시간이 되어 잠깐 원장실에 들르면 뜻밖에 선생님께서 기다리고 계셨습니다. 반가움을 전할 새도 없이 원고를 내어놓으시고는 "수고하셔."라며 일어서셨지요. 10분 후면 다시 강의실로 들어가야 할 제 형편을 배려하셔서 차 한 잔도 마다시며 서둘러 문을 나가셨습니다. 가시고 난 뒤에야 선생님께서 넌지시 두고 가신 간식거리를 발견했지요. 창가로 급히 달려가 내다보면 벌써 저만치에서 뒷짐 지신 모습으로 멀어지고 계셨습니다. 바삭하면서도 촉촉한 갓 구운 곰보빵을 한입 베어 물고는 제 아버지를 떠올리기도 했었습니다. 아버지께서도 빵 좋아하는 저를 만나실 때면 그런 걸 챙겨 주셨기 때문입니다.

뒷짐을 지고 멀어지던 그 모습으로 지금도 가고 계시지요?『천안문학』편집을 다른 사람이 맡게 되어도 선생님께서는 한동안 저를 통해 원고를 제출하셨습니다. 그러다가 제가『충남문학』편집을 맡게 되었지요. 그런 인연으로 가끔씩 선생님을 뵙다가 제가 학원을 폐원하면서 더는 뵐 수 없게 되었습니다. 대신 메일이나 전화로 안부를 주고받았지요. 작년 이맘때 마지막으로 받은 원고를 열어 봅니다. "2021 충남문학 71호 원고 보냄". 메일 제목도 선생님처럼 간결 명료합니다. 다시 읽습니다.

외암리에서 3

이양복

버들가지 젖망울 생겼다

방긋거리기 시작하는 개나리
시원스레 돌아가는 물레방아
조청집 바깥마당에
참나무 장작더미가 쌓여 있다

땅을 파니 돌 반 흙 반이더라
휘어지는 돌담길이
아주 어릴 때 고향마을이다

담 너머 초가집마다
멍석이 가지런히 걸려
보송보송 기지개를 켠다
구부러진 노송들이
반가의 품위를 속살거린다

이리저리 고샅길은
정적 안으로 나를 끌어당기고
좀처럼 놓아주지 않는다

그 밑에 제가 보낸 답글도 열어 봤습니다.

이양복 선생님, 원고 잘 받았습니다.
뵌 듯 반갑습니다.
코로나19 끝나면 한번 뵙고 싶습니다.
안녕히 계십시오.

김용순 올림

그 사람

코로나19는 아직도 진행 중이고 선생님께서는 먼 길을 가십니다. 의학박사 정현채 교수는 『죽음, 또 하나의 시작』을 통해 죽음은 소멸이 아니라 옮겨감이라고 합니다. 끝이 아니랍니다. 알에서 깨어난 애벌레가 고치가 되고 나비가 되었다가 다시 알로 애벌레로 모습을 바꾸듯 그저 몸을 바꿔 옮겨감일 뿐이랍니다. 두려워 피하고만 싶은 그 길을 기어이 떠나신 선생님께서는 이미 그걸 아시었나요? 편안하게 가시네요.

선생님의 뒷모습을 떠올리며 삶을 다시 생각합니다. 선생님께서는 평소 외로워서 노래를 부르고, 그림을 그리고, 시를 쓴다고 하셨습니다. 여행을 떠나고 때로는 쌈을 하고 달리는 것도 다 외롭기 때문이라고 하셨습니다. 이 세상 끝까지 다 외로움이라고 하셨지요. 아이러니하게도 그 말씀이 외로운 저에게 위안을 줍니다. 선생님께서는 그 덧없는 시간을 오로지 자연과 더불어 흔들리고 때로는 춤추며 평화를 회복할 수 있다고 하셨습니다. 자연에 의지하여 외로움을 달래시던 선생님, 이제 자연으로 돌아가시니 외롭지 않으시지요? 쇠약해진 육신 벗어놓고 가시니, 폭우 쏟아지는 이 밤을 맨발로 가서도 춥지도 아프지도 않으시지요? 선생님께서는 삶의 목적을 소유에 두지 않고 존재적 실존 양식으로 사신 분이기에 가시는 그곳이 두렵지 않으시지요? 선생님의 뒷모습이 아름답습니다. 애플사의 창업자 스티브 잡스가 죽음을 앞두고 했다던 "죽음은 삶이 만든 최고의 발명품"이란 말이 무슨 뜻인지 알 것 같습니다.

이제 제 핸드폰에 저장된 선생님의 전화번호 두 개를 삭제합니다. 그러나 선생님께서 귀히 여기시던 시편들은 저를 비롯하여 선후배 문인들 가슴에 그대로 남아 함께할 것입니다. 부디 안녕히 가시옵소서.

감자꽃 고운 소녀

코로나19의 창궐로 해가 바뀌도록 사회적 거리 두기 생활을 이어갈 때이다. 갇혀 지내는 날이 계속되니 정신까지 점령당하는 느낌이었다. 1919년 4월 1일, 만세 소리 울려 퍼지던 아우내장터의 함성이 그리웠다. 36년간이나 일본에 강점당하면서도 끊임없이 독립을 갈망하던 우리 민족 아니던가.

마스크로 무장하고 유관순 열사의 발자취를 찾아 나섰다. 내비게이션 검색창에 아우내장터를 입력하니 여러 개의 장소가 검색되었다. 하나같이 전국에 있는, 아우내장터의 이름을 딴 순대 전문점의 상호들이었다. 아우내장터의 피비린내 진동하던 독립 투쟁이 순대 전문점에 시나브로 묻히는가 싶어 안타까웠다.

그러나 어쩌랴. 물적 토대가 바뀌면 상부구조는 변해야 한단다. 신자유주의 시대를 사는 현대인들에게는 아우내장터 만세운동을 상기하는 일보다 아우내순대를 팔아 소득을 얻는 것이 우선일 테니까. 다시 '유관순열사기념관'을 입력하고는 브레이크에서 발을 떼었다.

기념관 못미처 아우내장터 입구에 다다르면 과연 양쪽으로 즐비한 순댓집이 펼쳐진다. 그런데 왼쪽 어디쯤 나무들 사이에 순댓집 간판이 아닌 조각상이 높이 솟아있는 것을 볼 수 있다. 순댓집 간판들에 묻혀있어서 눈여겨보아야 찾을 수 있다. 아우내 만세운동 당시 헌병주재소가 있던 자리에 조성된 공원이란다. 아우내장터에서 만세 부르다가 숨진 부모님을 옮겨놓고 살려내라던 유관순의 절규가 새겨진 곳, 그곳에서 태극기 하나로 독립을 외치던 많은 사람이 일제의 무자비한 총탄에 다시 쓰러졌다. 유관순은 소산 주재소장을 잡아 낚아채며 격렬히 저항하였지만 결국 그 자리에서 체포되어 감옥에 갇히게 된다.

빠르게 뛰는 심장을 진정시키며 아우내 독립만세기념공원을 나왔다. 마침 아우내장날이었다. 장터에 오가는 많은 사람 틈에 섞여 1919년 4월 1일을 소환했다. 조선총독부의 휴교령으로 귀향한 유관순과 김구응, 조병옥 박사의 부친인 조인원, 유중무 등

고향 인사들과 그곳에서 만세를 부른다. 3,000여 군중이다. 그들의 손에서 펄럭이는 태극기는 며칠 밤 동안 숨어서 손수 그린 것들이다. 단톡방은 물론 전화도 없던 당시, 발이 부르트도록 인근 고장을 돌아다니며 그날의 만세운동을 알려왔고 전날 밤에는 인근 스물넷 산봉우리마다 일제히 봉화를 피워 올렸었다. 그리고는 간절히 기도했다.

오오 하나님이시여 이제 시간이 임박하였읍니다.
원수 왜倭를 물리쳐주시고 이땅에 자유와 독립을 주소서
내일 거사할 각 대표들에게 더욱 용기와 힘을 주시고 이 민
족의 행복한 땅이 되게 하소서
주여 같이하시고 이 소녀에게 용기와 힘을 주옵소서
대한독립만세! 대한독립만세!

또다시 벅차올랐다. 아우내장을 벗어나 병천천 건너 유관순기념관으로 향했다. 걸어도 좋지만, 칭얼거리는 무릎을 생각해서 주차장에 세워두었던 차를 몰았다. 유관순 열사 탄생 100주년을 맞아 천안시에서 개관한 유관순열사기념관은 입구의 초혼묘 봉안기념비, 광장의 유관순 열사 동상, 그리고 기념관, 추모각, 순국자 추모각, 생태연못, 넓은 유관순 열사 기념공원 등으로 구성

되어 있다.

주차장에 차를 세우고 온 길을 되돌아가서 열사의 거리를 걸었다. 꽤 넓은 거리에 귀한 자료와 조각품을 전시하고 아름다운 조경으로 꾸며 놓아 다방면의 볼거리를 제공하고 있다. 열사의 거리를 걸어보는 것만으로도 의미 있는 여행이 될 것이다.

광장 왼쪽의 기념관에서는 사진과 문헌 자료 등 생생한 자료들로 유관순의 일생을 보여 준다. 아우내만세를 재현한 디오라마, 열사가 모진 고문을 받다가 순국한 서대문형무소의 벽관과 재판과정 매직비전 등은 오감으로 유관순 열사를 만날 수 있는 시설이다. 학생들의 체험학습 장소로도 손색이 없다.

기념관을 나오니 하늘에서 4월 햇살을 퍼부어댔다. 햇살을 받아 황금처럼 찬란한 잔디광장의 원형 벤치에 앉았다. 청명한 봄 햇살이 독립의 기쁨처럼 환희로웠다. 유관순 열사가 이루어낸 독립을 거저 만끽하자니 송구스럽기까지 했다. 텀블러를 꺼내 커피를 따라놓고 애국이라는 단어를 기억해 냈다.

가끔 애국에 대해 생각한다. 네 소원이 무엇이냐고 물으신다면 서슴지 않고 조국의 독립이라고 대답할 것이라던 백범 김구, 그다음도 세 번째도 소원은 오로지 조국의 독립이라던 말은 언제나 자세를 고쳐 앉게 한다. 그분 말고도 나라를 위하여 목숨을 바치겠다고 맹세했고 또 그렇게 승화한 선열들이 수없이 많다.

우리는 지금 독립된 나라에서 자유를 만끽하며 살아가고 있다. 행복해야 할 의무가 있다. 과연 의무를 다하고 사는가. 철학자 이정호의 "행복에 이르는 길"이란 책이 있다. 이 시대를 사는 우리에게 있어서 애국의 의미에 대해 노철학자의 견해를 읽고자 책을 펼쳤었다. 뒤쪽의 색인을 훑어보았다. 없다. 애국도 나라도 없다. 애국의 자리에 '애정'이 있고 나라의 자리에는 '나'가 있다.

현대를 살아가는 사람들은 행복의 첫째 조건이 돈이라고 한다. 그런데 자본주의 경쟁 사회에서 돈을 얻으려면 어쩔 수 없이 치열한 경쟁 구도에 휩쓸려야 한다. 누군가는 이기지만 누군가는 낙오와 실패를 겪어야 한다, 더 얄궂은 것은 승패의 갈림이 자신의 노력이나 능력과 상관없이 이루어지기도 한다는 점이다. 그러므로 행복에 이르는 길은 결국 인간 자신에 대한 사랑으로만 얻을 수 있다는 말을 나는 믿는다.

일제의 공정하지 못한 약탈과 비도덕적 행위에 대한 저항도 결국은 행복에 이르고자 했던 행위였다. 약탈자들만의 욕망을 공동의 소망과 사랑으로 연계 승화하자는 도덕적 지향인 셈이었다.

숙연한 마음으로 추모각으로 향했다. 영정 앞에 두 손을 모으다가 울컥, 감동이 밀려오는 걸 느꼈다.

약수터로 내려와 한 바가지의 물로 평정심을 되찾았다. 그리고는 매봉산 중턱에 있는 초혼묘로 향했다. 초혼묘에 이르는 길은 돌계단이다. 빼곡한 숲속으로 길이 나서 햇살은 들어오지 못한다. 다람쥐 한 마리가 분주히 나뭇가지를 타고 있을 뿐 고요하기만 했다. 돌계단 옆에 세운 시비들의 글자를 이끼가 어루만지고 있다. 내용을 읽어보니 하나같이 유관순 열사에 대한 추모 글들이다. 등줄기에 땀이 촉촉할 즈음 초혼묘에 도착했다.

묘라지만 열사의 주검을 모신 곳은 아니다. 일본은 열사의 주검마저도 두려웠던가. 그들은 군용기지를 조성한답시고 열사의 무덤을 흔적도 없이 망실시켰다. 이후 3·1운동 70주년을 맞이하던 해에 영혼이라도 편히 잠드시도록 매봉산 중턱에 마련한 것이 초혼묘이다. 6각의 뿔 형태로 면마다 열사의 기도문과 비문을 새겼다. 기도문을 소리 내어 읽어보았다.

오르던 길로 다시 이백여 미터 더 가니 봉화탑이 나타났다. 의거 전날 밤 봉화를 피워 올리던 매봉산 정상이다. 당시 그 봉화를 신호로 목천, 천안, 안성, 진천, 연기, 청주 등 각지의 산봉우리 24곳에서도 일제히 봉화가 불타올랐었다.

그 사람

"… 민족의 끓는 피로써 기름을 삼았기에/악마의 풍우 속에
서도 꺼질 리 없었고 /오늘은 역사의 제단에 이리로 화사로
이/무궁한 꽃송이처럼 피어오른 봉화라/영원히 계령의 가
슴속에/오르리라 타오르리라"

이은상 시인이 쓴 봉화탑 찬가를 천천히 음미하자니 다시금
가슴이 뛰었다. 봉화탑을 지나 내리막길을 한참 지나 유관순 열
사 생가지에 이르렀다. 아우내 만세운동 당시 일제에 의해 불타
없어진 것을 이후에 복원한 것이란다. 매봉교회와 나란히 자리
해 있다.

매봉교회를 둘러보고 그날의 여행을 마무리 지었다. 다시 아
우내장터로 돌아와서 늦은 점심상을 받았다. 매콤달콤한 명태
찜 국물에 밥을 비벼 한술 뜨다가 문득 유관순 열사의 일화가 떠
올랐다. 병천 시골 소녀가 이화학당 기숙사에서 먹은 명태 반찬
이 이런 맛이었을까.

"명태 이름으로 기도드립니다. 아멘!"

저녁 기도 시간에 유관순은, 그날 너무나 맛있게 먹은 명태 반
찬 생각에 예수님 대신 명태를 찬양하고 말았다. 까르르 웃음소
리가 기숙사 복도를 타고 울려 퍼졌다. 당황하여 달려온 사감의
훈계가 이어지고 유관순은 물론 함께 웃은 학우 모두 품행점수

낙제점을 받게 된다. 티 없이 발랄하기만 한 소녀들이었다.

그러나 그 웃음소리는 오래 가지 못했다. 일본의 잔인한 약탈 행위는 소녀의 순수와 발랄함을 앗아갔다. 감자 한 알이라도 더 캐려면 연보라 감자꽃 따위는 피기도 전에 잘라낼 수밖에 없다. 투사가 되어야 했던 감자꽃 고운 소녀 유관순 열사, 그의 장렬한 아우내장터 만세운동이 세월에 희석되는가 싶던 염려는 기우였다. 그의 숭고한 정신은 유관순 열사 기념관 곳곳에 꺼지지 않는 불꽃으로 타오르고 있었다. 2019년에 추서된 건국훈장 대한민국장도 오로지 시민들의 염원으로 그리되었다지 않은가.

아모르파티

문학작품 감상 시간이었다. 작가는 부부간의 일상적인 충돌에 단계적으로 적응해 가는 과정을 전개해 놓았다. 그런데 한 수강생이 단호하게 외쳤다.

"이혼해야 돼요!"

돌멩이처럼 날아온 그녀의 직설에 움찔했다. 아마도 그녀의 엉킨 지난밤이 부정이나 분노의 감정으로 작품에 투영된 모양이었다. 얼떨결에 맞장구를 놓고는 아니다 싶어 진땀이 났다.

그녀는 네 발로 걷는다. 때로는 두 바퀴로 오기도 한다. 그렇게 월요일 아침마다 강의실에 와서는 서로 다른 장애가 있는 몇몇과 함께 수필이라는 놀잇감을 갖고 논다. 놀다 보면 겹겹의 마음 벽에도 쪽문이 열리나 보다. 마음이 들락거리는 웃음소리를 내기도 한다.

점심시간이 가까워지면 뭇국이나 된장국 끓는 냄새가 강의실 문틈으로 솔솔 들어온다. 그러면 그녀와 우리는 고이는 침을 흘리거나 삼키며 서둘러 위층에 있는 식당으로 향한다. 강의실을 나와 위층으로 올라가는 엘리베이터 앞에 모두 멈춰 서면, 아직은 비장애인인 내가 먼저 올라탄다. 열림 버튼을 꾹 누르고 기다리면 그녀의 휠체어가 타고 다른 목발과 지팡이가 뒤를 잇는다. 내릴 때는 내가 가장 나중에 내린다. 나중에 내려도 제일 먼저 식당 문 앞에 설 수 있다. 식당 문 양쪽을 활짝 열어 고정쇠를 툭 쳐 내리고는 그들이 들어가기를 기다린다.

불혹의 나이에 이른 그녀가 절망의 유혹에 허물어진 체험을 써온 적이 있다. 소녀였던 그녀는 체육 수업이 있던 날, 농약에 꿀을 타 마셨다는 뒷집아저씨를 기억해내고야 만다. 꿀을 탄 농약은 맛이 괜찮았다고 쓰고는 그날 어머니의 등에서 내려다본 하얀 냉이꽃을 묘사했다. 아무리 눈을 크게 떠도 희미하기만 한 무엇이 바닥이 하얗도록 깔려있었다고 덧붙였다. '희미하기만 한 무엇'은 지금도 내 가슴에 아픔의 이미지로 남아있다.

측은지심이었을까. 그녀의 희미했던 냉이꽃까지 소환한 절규

　　　　　　　　　　　　　　　　　　　　　　그 사람

같은 독후감이 내 마음에 먹구름을 드리웠다. 형체도 없는 그것은 온몸의 기운을 흡수하기도 하고 짐이 되어 누르기도 했다. 내 안의 결핍과 합세하여 무게를 더했다.

각자의 목표를 향해 질주하는 사람들 틈에서 뒤처질 수밖에 없는 그들이다. 왜, 불평등이나 빈곤이라는 이 사회의 모순을, 무엇 때문에 목발이나 휠체어로 감당해야 하나. 풀리지 않는 물음이 밥숟갈에 올라앉고 잠자리 머리맡을 지키기도 했다.

짐이 된 물음을 차에 싣고 달렸다. 산자락을 달려 마곡사 대광보전에 부리리라. 높이 계신 창조주 비로자나불에게 따져 물으리라, 마룻바닥 카펫을 들어 올리고 갈참나무 삿자리에 사정해 보리라.

불자는 못 되지만 평소에도 마곡사를 자주 찾는다. 그곳으로 가는 호젓한 숲길, 중간쯤에 만나는 천 개의 돌탑, 입구에 다다르면 절을 안고 도는 맑은 마곡천으로 이어지며 나타나는 모든 게 부처로 다가온다. 삿자리 전설도 찾는 이유 중의 하나이다.

백일기도를 드리며 갈참나무를 빚어 삿자리를 짰다는 어느 앉은뱅이, 30평 법당 마루를 삿자리로 다 덮고 나더니 성큼성큼 걸어 절을 나갔다는 전설을 믿고 싶었다. 이혼을 생각할 수밖에 없는 그녀를 두 발로 걷게 할 수 있다면, 장애라는 무거운 짐을 벗겨 줄 수 있다면 30평이 아니라 100평이라도 대신 짜고 싶다.

마곡사 주차장에 도착하니 전날 밤 폭우로 불어난 마곡천이 나를 삼킬 듯 거칠게 다가왔다. 물가에 자라는 키 작은 들풀들은 맥을 못 추고 휩쓸리었다. 흘러가는 물은 운명처럼 막힘없이 기운찼다.

이윽고 대광보전 앞에 섰다. 돌계단을 오르는데 열린 꽃살문 사이로 만물을 창조하신 비로자나불이 내다보셨다. 두 손을 모았다. 두 눈을 감고 짐을 부려 놓았다. 다가가 엎드린 채 두 손바닥 가까이 이마를 대고 구원의 답을 기다렸다.

수없는 물음이 이어질 뿐이었다. 커다란 백의수월관음도 앞으로 옮겨 앉았다. 발밑 카펫 귀퉁이를 들어 올리고 무채색으로 바랜 삿자리에 물었다.

오래 머물렀지만, 삭아가는 삿자리 역시 아무 말도 하지 않았다. 대신 물음이 차츰 줄었다. 그리고는 새 물음 하나가 물음을 이어갔다. 삿자리를 짜던 사내는 무슨 마음이었을까. 앉은 채로 살아야 하는 운명을 받아들이게 도와 달라고 기도하지는 않았을까. 낮은 곳의 고통에 굴복하여 스스로 미워하는 어리석음을 범하지 않겠다고 다짐한 건 아닐까.

자신의 삶을 돌보는 건 오로지 자신뿐이라고 스스로 깨달았는지도 모른다. 이윽고 삿자리 날줄 하나 마음속에 간직하고 법당을 나왔다. 돌아오는 길에는 계곡이 나를 거스르지 않고 함께 흘렀다. 물길 따라 발걸음이 빨라지자, '자신에게 실망하지 마, 모든 걸 잘할 순 없어…, 아모르파티!' 라는 노랫말이 중얼거려졌다.

물매화를 닮은 사람

　요즘은 보기 드물지만, 오래도록 가슴에 남아 있는 꽃이 있다. 어릴 때 함께 자란 물매화이다. 사기장고개를 막 넘으면 계곡물이 흐르고, 그 물가 너덜겅을 따라 다소곳이 피던 순백, 학교 갈 때는 수업 시간에 대느라 허둥지둥 지나치지만, 주린 배를 달래며 돌아갈 때는 누구랄 것도 없이 계곡 가에서 물배를 채우며 해찰하기 마련이었다. 그때 끌러 놓은 책보 옆에서 수줍게 웃던 꽃이다.

　물가에 피는 꽃, 매화처럼 향기로운 꽃, 그 꽃을 떠올리게 하는 사람이 있다. 물매화는 줄기를 여러 개 올리지만 키를 높이거나 이파리를 무성히 펼치지 않는다. 그저 한 뼘 높이 꽃대에 오로지 이파리 하나, 꽃 한 송이이다. 그러기에 광합성작용은 꽃 한 송이 피울 만큼만 한다. 절제의 미덕을 안다. 뿌리 또한 비옥한 토양만을 고집하지 않고 너덜겅 돌 틈에도 묵묵히 내린다. 그래도 소담하고 향기 짙고 빛깔 고우며 오래 꽃 핀다. 그녀의 일상이 그렇고 그가 써내는 수필이 그렇다.

언어라는 매체를 통하여 인생을 표현하는 게 수필이다. 그러므로 나는 그가 쓴 수필을 통해서 그의 삶을 짐작한다. 그의 수필을 읽고 그를 알아가며, 때로는 그 행위로 내 마음을 밝히기도 했다. 수필이 뭔가, 몽테뉴가 수상록에서 그랬듯이, 그녀의 글에는 자신을 말하는 것 외에는 어떤 목적도 없다. 장식하지도 숨기지도 않는다. 그녀가 체험한 바를 해석하고 의미를 부여하는 과정이 진솔하게 드러날 뿐이다. 됨됨이나 심정을 담아내는 언어는 읽는 내 마음을 열고 그의 존재를 인정하게 하여 서로의 마음에 문을 내었다.

인연의 시작은 30여 년 전 천안삼거리백일장 시상식장에서였다. 백일장에 참가했던 그가 '가족'이란 수필을 써서 수상할 때 나는 주관단체 회원으로서 객석에서 손뼉을 쳤다. 식이 끝나고 우리는 관계없는 듯이 서로 지나쳤다. 그 일이 잊힐 만큼의 세월이 흐른 2009년 어느 날, 비껴간 인연이 다시 뒷걸음쳐 왔다. 이번에는 교습자와 학습자로 만났다. 그때 나는 내 글도 제대로 못 쓰면서, 교학상장教學相長, 더불어 공부하겠다는 심산으로 수필창작 강좌를 맡고 있었다. 과연 지금껏 배우는 것이 많다. 교재연구 과정에서도 그렇지만, 나와 다른 길을 걸어온 학습자들의 지혜는 모처럼의 외식처럼 신선한 자극이다. 나는 그렇게 매주 한 번씩 그녀를 만나 서로 배우고 가르치며 성장해 가는 중이다.

그녀의 수필에서는 물매화 향기가 났다. 그의 이야기에 감동하고 공감하기를 자주 경험하고 때로는 취하기도 했다. 술술 읽히면서도 여운을 오래 남겼다. 글이라는 존재의 집을 설계하는 예비 작가들에게 창작이론서들은 하나같이 중국의 문장가 구양수를 즐겨 인용한다. 많이 읽고, 많이 생각하고, 많이 쓰라고. 그러나 그보다 앞서 좋은 글, 특히 체험을 기반으로 창작되는 수필을 쓰려면 삶 자체가 우선 되어야 하지 않을까. 김태길 씨의 '풍요롭고 아름다운 마음의 세계를 가진 사람이 좋은 수필을 쓴다'는 말은 삼다론에 앞서 내가 즐겨 인용하는 말이다.

그녀의 삶이 그렇게 보인다. 그는 물매화처럼 맑고 속기가 적다. 마음이 정직하고 따듯하며 때로는 유머 감각으로 경직된 분위기를 반전시키기도 한다. 사회적 불의에 분노할 줄도 알며 고

난에 맞서는 은근한 끈기도 웃음 뒤에 내포하고 있다.

어린 시절부터 교사 부모 아래에서 책 읽는 걸 배웠다니, 그런 문학의 씨앗이 싹트고 가지 뻗어 이제 꽃을 피우는 모양이다. 현재 천안문인협회, 수필과비평작가회의, 신안수필문학회 동인으로 활동하며 자신만의 그 무엇을 왕성하게 표현하고 있다. 장차 어떤 열매로 문학적 이룸에 이를지, 함께하며 지켜보려 한다.

그녀는 때때로 마음 가는 대로, 발길 닿는 대로 길을 나선다. 며칠씩 때로는 한 달이 넘도록 낯선 사람과 새로운 자연을 찾아다닌다. 그러다가 탁 트인 바다를 만나면 모든 걸 품어주는 엄마 같아서 진정한 쉼을 느낀다. 바다 사진도 많이 갖고 있다. 언젠가 짙푸른 바다색의 포토 에세이집을 선보일 것도 같다. 글을 쓰면서 가슴이 뜨거워진다는 그는 문학이 위안이며 선물이며 삶의 이정표라고 말한다. 첫 수필집 《쉼표 하나》의 '작가의 말'에서 단 한 사람에게라도 오래도록 가슴에 남는 그런 글을 쓰고 싶다고 했다. 그의 소망에 두 손을 고이 모은다.

어디쯤 가시나요

길 떠나신 지 이제 나흘이 지났습니다. 어디쯤 가시나요? 불가에서는 49일 동안 다음 생을 기다리며 이승에 머문다고 하던데, 아직 여기 계시나요? 선생님께서는 심판이 필요 없는 삶을 사셨으니 바로 좋은 생을 받아 이내 떠나셨는지도 모르겠습니다. 선생님의 영정 안팎으로 빼곡히 늘어섰던 꽃송이는 당신이 베푼 사랑의 증표인 듯 향기 짙었습니다.

배꽃처럼 환히 웃던 당신, 당신이 애지중지하던 배나무들은 이제 누가 가지 치고 거름 주나요? 배꽃 흩날리던 어느 봄밤, 당신의 배나무 아래에서 모닥불 피워놓고 술잔에 꽃잎 받아마시던 그날이 생생한데 이제는 어디서 어떻게 만나 수필 얘기를 할 수

그 사람

있나요?

성순회 모임은 또 어떻게 한답니까? 장안날이면 성환장으로 불러들이셨잖아요? 회칙도 회장도 없는 모임이지만, 선생님의 호출이 떨어지면 멤버들은 원성동 교보빌딩 앞으로 득달같이 모여 제 차에 올랐습니다.

성환장이 서기 바로 전날, 해 저문 장터에 도착해 보면 늘어선 여러 장옥에서 다음 날 장을 보기 위해 가마솥 그득 순대를 삶고 있었지요? 그중에 두 번째 순대 국밥집에는 막 삶아낸 순대 맛을 보려는 손님이 장옥 문 앞에 줄을 서지요. 그러나 선생님은 그 집을 지나쳐 다른 집으로 향하셨습니다. 인기 있는 그 맛집으로 가자고, 왜 매번 딴 집으로만 가시냐고, 과붓집이라 그러시는 거냐고 생떼를 쓰며 뒤를 따르자면 그저 빙긋이 웃기만 하시며 앞장서시던 선생님, 알고 보니 그 장옥은 여인 혼자서 아이 키우며 어렵게 운영하는 식당이었습니다. 측은지심이셨던 거지요.

선생님, 문득 그 집 국밥이 그립습니다. 국밥의 매력은 뭐니 뭐니 해도 후루룩 들이키는 얼큰하고 개운한 국물 맛에 있지 않습니까. 신선한 돼지 사골과 부속고기를 우려낸 육수에 순대를 삶아 막 건져내고 거기에 양념한 선생님의 단골집 순댓국은 국물이 그만이었습니다. 반찬은 김치, 깍두기와 양념한 새우젓이 전

부였지요. 김치와 깍두기는 적당히 숙성되어 자꾸 젓가락이 가던걸요. 슴슴한 국밥을 한 수저 떠서 그 위에 잘 익은 깍두기 한 조각 올린 다음 와작 깨물면 구수한 순대와 상큼한 깍두기가 어우러져 그 맛이 일품이었습니다.

우리는 순대가 삶아질 때쯤인 늦은 저녁에 만나니 언제나 출출했습니다. 빈속을 정신없이 채우는 우리를 물끄러미 바라보며 흐뭇해하시던 선생님, 지금 생각해도 선생님은 반칙의 왕입니다. 회비를 걷지 않고 부정기적으로 상환장 순댓집에서 만나는 모임이기에 순댓국 값은 멤버들이 돌아가며 내기로 했지요. 그런데 선생님은 매번 국밥을 드시다가는 뒤보러 가시는 척 슬그머니 일어서서는 음식 값을 치르셨어요. 매번 그러시니 하루는 최 선생님이 기필코 순댓국밥 값을 치르겠다고 장옥에 들어서자마자 과부 아주머니의 앞치마 주머니에 카드를 찔러 넣었지요. 그러자 도로 내어주며

"어제 미리 오셔서 넉넉히 치르셨어요."

하시더군요.

선생님, 오늘 1교시 마치고 쉬는 시간에 가을문학기행에 대해 논의했습니다. 장소가 정해지고 대절버스를 예약하며 문득 선생님 얼굴이 떠올랐습니다. 여행 갈 때마다 손수 수확하신 성환

배를 넉넉히 갖고 오셔서는 차에 실으셨지요. 여기저기 여행하다가 지칠 오후쯤에 단물이 줄줄 흐르는 그 배로 갈증과 피로를 달랬는데요. 선생님의 영정 앞에서도 안 그랬는데 이제 와 배 깎던 생각을 하니 눈물이 왈칵 솟습니다.

먹는 것은 인간의 욕구 위계 중에서 가장 원초적인 욕망이라지요. 음식 끝에 정 난다고도 합니다. 선생님께서 먹는 거에 특히 후하신 것은 무의식에 잠재해 있는 당신의 가난하던 서울의 젊은 시절이 승화한 방어기제가 아닌지요? 드넓은 배 밭 아래서, 그것을 이루기까지의 지나온 여정을 느리고 낮은 목소리로 더듬이시던 모습도 생생합니다.

어디쯤 가시나요? 그리도 그리시던 먼저 가신 사모님을 찾아가실 테지요? 죽으면 다 끝이라는 말은 믿지 않습니다. 다만 옮겨 감이라고 생각합니다. 이승에서 잘 지내셨듯이 그곳에 가셔서 사모님 다시 만나시리라 믿습니다.

스물다섯 살의 어느 여름날, 고모님 댁에서 우연히 마주쳐 선생님 마음을 사로잡았던 사모님의 그 미소, 이후 꽃잎처럼 피어나 언제나 지친 마음을 어루만져 주던 '아내의 미소', 그 미소가 스러진다면 껍데기뿐인 내가 홀로 남아 그 고적을 어찌 감당할 수 있겠냐며, 그날에 이르면 나는 아내의 그 미소 속에 포근하게 감싸여 쉬고 싶을 뿐이라고 하시던 당신, 세월이 흘러 사모님이 먼저 가시자 차마 그리하지는 못하고, "내가 따라가야 하는 데…." 하시며 한숨짓던 선생님, '껍데기'로 이승을 견디시느라 애쓰셨습니다. 이제는 두 분 해후하시길 바랍니다.

 점점 더 멀어져 갈 선생님, 이제 신안수필문학회 회원 명단에서 선생님의 성함을 삭제해야 합니다. 그러나 당신이 주신 주옥 같은 수필과 베풀어 주신 사랑은 더 가까이에서 팍팍한 나날의 윤활제가 될 것입니다.
 사모님도 가시고 선생님도 떠나시고 장차 저도 가야 할 길, 부디 안녕히 기시옵소서.

2장

하늘로 가는 길

하늘로 가는 길

　빼꼼한 환기창으로 들어오는 빛에 잠이 깼다. 허리를 굽혀 문 밖으로 나오니 눈이 부시게 달려드는 아침햇살, 오전 네 시가 조금 넘은 시각인데, 어느새 강렬한 빛 덩어리가 저만치 지평선을 붉히고 있다. 이곳이 고위도 지역임을 다시 한 번 상기한다.

　게르를 벗어나 초원을 걷는다. 사방을 둘러봐도 숙소 몇이 하얀 점으로 박혀 있을 뿐 인위의 흔적이라곤 찾아볼 수 없다. 푸른 초원과 더 푸른 하늘만이 맞닿아 있다.

　지난밤 달려온 바큇자국을 따라 되짚어 간다. 모래땅에 난 두 바퀴 자국은 평행선이지만, 고개를 들어 멀리 보면 사다리꼴로 점점 좁아져 마침내 지평선에서 점으로 하늘과 맞닿는다. 마치 지난밤 우리가 하늘로부터 문을 열고 달려온 듯한 풍경이다.

넓은 자동차 바큇자국 옆으로 사각 무늬가 선명한 오프로드용 타이어 자국도 한 줄로 찍혀 있다. 누군가가 오토바이를 타고 이곳에 온 모양이다. 이 또한 하늘을 향하고 있다. 군데군데 웅크리고 있는 초록 덩어리가 눈에 띄어 다가가 본다. 멀리서 보면 부드러운 풀 무더기 같은데 가까이에서 보니 잔가지에 온통 가시가 돋아 있어 나무같이 억세다. 아마도 이것이 낙타가 먹는다는 낙타풀이 아닌가 싶다. 과연 주변에 손바닥 만 한 발자국들이 어지러이 찍혀 있다. 그 발자국들도 결국은 일정한 간격으로 찍혀 하늘과 맞닿은 지평선을 향했다. 큰 발자국 주변에는 작은 발자국들도 점점이 찍혀 있다. 그 또한 하늘로 향해 나 있다.

생명 있는 존재들은 모두 저만치 하늘을 향해 갔다. 문득 멈춰 선다. 하늘로 간 그 사람, 지평선을 넘어가던 그 사람의 발자국들을 온몸으로 느낀다. 그 발자국이 얼마나 넓고 깊은지, 무엇으로도 채워지지 않는 허망의 구렁을 나의 하루하루가 지나는 중이다.

두 달여 전부터는 한쪽 시력에 이상이 왔다. 늘 만나던 이웃들이 영락없는 아프리카 흑인으로 보인다. 창 너머 산벚나무 잎도, 하늘의 구름도 먹물 풀어놓은 색으로 바뀌었다. 안과의사는 스트레스가 원인이라 했다. 이제는 잘 지낼 수 있다고 생각했는데,

식욕도 왕성해지고 말수도 오지랖 수준으로 많아졌는데…, 잊힌 게 아니라 감당할 수 없어 내면에 꼭꼭 숨긴 방어기제였단 말인가. 다행히 나머지 한쪽 눈이 보완하기에 시력은 좀 떨어졌어도 지내는 데 큰 지장은 없다. 이러다가 대부분 좋아진다는 의사의 말을 믿고 견디는 중이다.

이런저런 생각에 발걸음을 멈추고 서 있는데 노년의 남녀 한쌍이 서로 사진을 찍어주며 다가온다. 나를 의식하고는 겸연쩍은지 사진찍기를 그만두고 소곤소곤 하하호호 하며 지평선을 향해 간다. 서로 손잡고 가는 뒷모습이 더없이 평화로워 보인다.

시계를 보니 7시 30분이 되려면 아직 멀었다. 꼭 그 시각에 식사하라던 가이드의 당부를 기억하며 두 사람의 발자국을 따라 다시 걷는다. 연신 시계를 보며 돌아가야 할 거리를 시간으로 어림하는데 저들은 아랑곳없이 지평선을 향해 느리지도 빠르지도 않게 간다.

내 생에 저 하늘까지의 시간은 얼마나 남았을까. 저 사람들은 그런 건 상관없다는 듯 저만치 흰 구름을 가리키기도 하고 허리를 숙여 키 작은 풀꽃들을 만지기도 하며 사부작사부작 앞으로 나아간다. 남자가 뭐라고 하자 여자가 까르르 웃는다.

그들의 웃음소리에 내 마음이 실린다. 이제야 아침햇살에 고개 드는 작은 풀꽃들이 눈에 들어온다. 작아도 향기 진하고 곱다. 저만치 하늘에 피어오르는 구름이 캐시미어 이불처럼 부드럽게 다가온다.

생명 있는 존재는 누구나 하늘로 간다. 새벽 산책길에서 발자국으로 다시 읽은 이 엄연한 진실이 오히려 마음을 가볍게 한다. 저 끝이, 끝이 아니라 또 하나의 시작일지 모른다. 사는 동안 사후 생에 관해 이해하기까지, 또한 최소한의 개념을 가질 정도가 되기까지 최선을 다해야 한다는 카를 구스타프 융의 글귀까지 기억해낸다. 이제부터는 떠난 사람의 발자국에서 헤어나 내 발자국을 새로 찍어나가야 할 거 같다. 오래 남지 않고 이내 지워질 가벼운 발자국이면 좋겠다. 앞서가는 저들은 이 길의 순리를 알고 있는 듯하다.

두 사람의 뒷모습에 몇 달 전 부인과 손을 맞잡고 하늘로 갔다는 네덜란드 전 총리가 겹친다. 아흔세 살의 그는 부인과 동반하여 스스로 하늘문을 열었단다. 즐거웠는지는 모르지만, 소풍 가듯 둘이서 손을 꼭 잡고 떠났다고 한다.

내 하루하루도 하늘로 가는 길 아닌가. 언제가 될지는 모르지만, 지평선이 가까워지면 머뭇거리지 말고 서두르지도 말며 나아가리라. 맑은 정신으로 사부작사부작 걸어서 그곳에 이르고 싶다. 저만치 지평선에 흰 구름 몇 덩이가 내려와 있다. 하늘과 대지가 따로 있지 않고 하나인 듯 맞닿아 있다.

내 안의 당신들

캐리어의 지퍼를 천천히 내린다. 대충 담겼던 쓰이지 못한 멀티탭과 세면도구와 화장품들, 그리고 여행용 티슈, 돌돌 말아 노랑 고물줄로 동여맨 가로세로 20센티미터 투명 팩 등이 우르르 쏟아져 내린다. 물끄러미 바라보다가 이내 안쪽의 또 다른 지퍼를 열어 환전한 달러 뭉치와 복사한 여권과 사진 한 장까지 꺼내어 놓는다. 칸마다 용도별로 정리되어 이 시간이면 인천공항 보안검색대를 통과하고 있어야 할 물건들이다.

하필이면 이때 코로나19 감염이라니, 우리나라는 물론 지구 전체를 팬데믹 상황으로 몰고 갔어도 나는 용케 감염을 피할 수 있었다. 이제는 소강상태에 들어가 너나없이 마스크 없는 이전

하늘로 가는 길

의 일상을 되찾았는데….

함께 떠나기로 했던 친구도 어이가 없는지, 약 먹고 따라오라고 억지소리를 내뱉었다. 규제도 풀렸으니 그러고 싶었다. 얼마나 오래 기다려 온 날인가. 내가 한창 바삐 일하던 때, 존경하는 어느 수필가께서, "그래도 거긴 한번 가 봐." 하고 권해 주신 여행지였다. 은퇴 후 작정했으나 우물쭈물하다가 코로나19가 창궐하여 발이 묶이고 말았었다.

3년 남짓 전쟁 아닌 전쟁을 치른 후에야 국제적 공중보건 비상사태가 해제되고 이윽고 여행을 계획할 수 있었다. 계약금을 지불하고 나서부터 하루하루가 새로웠다. 유튜브에서 관련 영상을 찾아 시청하다 보면 은근히 설레기도 했다. 이윽고 출발 날짜가 임박했을 때는 기대감이 강물처럼 불어났다.

그런데 하필이면 그때 몸에 이상 증세가 나타났다. 숨을 들이쉴 때면 마치 날파리라도 딸려 들어간 듯 목 안이 간지러웠다. 그럴 리야 없겠지만 검사를 의뢰했다. 혹시라도 코로나19에 감염되었다면 내 불편은 차치하고라도 동행할 일행에게 피해를 주는 일이다.

야속하게도 결과는 우려한 대로 나왔다. 감염병대응센터에서 보내온 문자 몇 줄은 강물 같던 기대감을 한순간에 물거품으로 만들어 버렸다. 사라지는 물거품을 움켜쥘수록 젖은 손의 감촉은 차디차기만 했다.

　오래 기다렸는데, 오래 기다렸는데…. 얼마 전 막을 내린 '오랫동안 당신을 기다렸습니다'라는 텔레비전 드라마의 한 대사를 중얼거렸다. 드라마에서도 등장인물들이 저마다의 '당신'을 오랫동안 기다린다. 중반부를 넘어가며 한 여인이 오래 기다렸다며 '당신'을 찾아 나선다. 그에 맞춰 주변 인물들의 기다림도 서서히 실체를 드러낸다. 그러나 나누어가질 수 없는 당신이기에 서로 간의 외적 갈등이 고조된다. 빼앗지 않으면 존재할 수 없는 자의 간절함과 지켜야만 살아남을 수 있는 자의 절박함이 처절할 정도이다. 그들을 쫓는 형사의 다급한 '당신' 또한 긴장을 늦출 수 없게 했다. 작가는 절정을 향해 서사구조를 빠르게 진행하며 세상에 던져진 인간이란 존재가 숙명처럼 지고 가야 할 각자의 기다림을 살핀다.

　이참에 응어리로 남은 내 안의 당신들도 꺼내 본다. 오래 기다려도 오지 않은 당신, 기다리지 않았는데 들이닥친 당신, 기다리지 말아야 했을 당신…. 오지 않는 당신을 기다리는 시간은 얼마나 느리게 가던지, 기다리지 않았는데 느닷없이 내 삶에 들이닥친 당신을 받아들이는 것은 또 얼마나 숨이 막히던지….

아이러니하게도 지금의 나는 그러한 당신들에 의해 형성된 자라는 생각을 해본다. 살아온 시간을 다시 돌이킬 수도 없거니와 오지 않는 당신들을 이제는 마음에서 떠나보내고 싶다. 기다리지 않았지만, 들이닥친 당신들과는 잘 지내보고 싶다. 기다리지 말아야 할 것은 기다리지 않기로 한 지 꽤 됐다.

『파이돈』에서 철인 소크라테스는 자신에게 내린 이해할 수도, 수용할 수도 없는 판결을 노여워하지 않고 태연히 받아들인다. 사형집행을 기다리는 그에게 벗들은 탈출을 권하지만, 죽어 본 적도 없으면서 죽음을 두려워할 필요가 뭐 있냐며 부정한 재판과 부당한 판결을 마음의 동요 없이 받아들여 아름다운 죽음을 성취한다.

철인을 떠올리며 마음의 동요를 애써 가라앉힌다. 그리고 기다리지 않았는데 내게 온 당신을 온몸으로 맞이한다. 목에서 시작한 고통이 점차 온몸으로 퍼져간다. 견디어야 하는 시간이 지루하게 이어진다. 창밖으로 보이는 어린이집으로 내 몸의 바이러스가 새어 나가지 못하도록 창문마저 꼭꼭 닫았다. 가족과도 나눌 수 없는 고통이기에 아들딸의 방문도 사전 차단했다. 캐리어를 거실에 그대로 둘 것인지, 다용도실 깊숙이 다시 수납할 것인지에 대해서는 너무 오래 고민하지 않으려고 한다.

바람, 눈물

눈물 어린 바람이 분다. 아름드리 삼나무 굵은 가지를 흔들며 온다. 가까이 와서는 창문을 마구 두드린다. 나는 앞뒤 베란다 문을 닫고 걸쇠를 내려 바람 뒤로 숨는다. 멀어진 바람 소리. 그러나 잠시 후 섬광이 번쩍이더니 찢을 듯 괴성이 몸을 움츠리게 한다. 자동차들도 놀랐는가, 충격 경보음이 주차장 여기저기서 요란하게 울려온다.

얼마나 퍼부으려나. 스마트폰의 동창 밴드는 며칠 전부터 아우성이다. 은퇴 후 귀향한 친구는 새로 지은 전원주택에 빗물이 차오르고 있다고, 119에 도움을 청했지만 폭우로 길마저 끊어져 고립 상태라고 호소한다. 한 농부가 물꼬를 트러 갔다가 봇도랑

하늘로 가는 길

물길에 휩쓸렸다는 영상도 올라왔다. 그를 잡으려던 가족과 그 가족을 붙잡으려던 이웃도 함께 쓸려가고, 그들을 구해보겠다고 차를 몰아 하류로 내달리려는 사람을 겨우 말렸다는 울먹임이 전이되어 참담하다.

텔레비전 화면도 아수라장이긴 마찬가지이다. 어느 아파트의 주차장에 김칫독인지 장독인지 모를 둥근 항아리들이 둥둥 떠다닌다. 온 가족의 밥상을 차릴 양념들이 집 밖으로 쓸려 와서는 주차장을 지나 떠내려간다. 119구조대원들이 고무보트를 타고 항아리가 자리했었을 아파트 안으로 들어가 한 할머니를 부축해 구조하고 있다.

코로나19라는 전염병이 창궐하여 우리나라뿐 아니라 온 세계를 공포의 도가니에 가두어 놓더니 이번에는 물 폭탄으로 쓸어 내리려 한다.

아마도 하늘과의 싸움에서, 증오심 가득한 아수라가 이기고 있는 모양이다. 얼굴 셋에 팔이 여섯인 아수라는 인간들의 악행이 심해질수록 힘이 세어진다고 했다. 재앙과 빈곤을 가져오는 아수라가 패하게 하는 길은 오로지 인간의 선행으로 하늘의 힘을 기르는 수밖에 없다는데….

하늘에 사죄부터 해야 하나, 기청제라도 우선 지내야 하나. 우리는 예로부터 하늘이 자연을 통해 인간을 평가한다고 믿었다. 왕의 자리도 자연을 살펴 결정했으며 권력을 얻은 자라도 자신을 하늘에 의탁하고 뜻을 받들었다. 농부들도 쌀 米 자를 파자하며 여든여덟 번 손길이 가야 한 알의 쌀을 얻을 수 있다고 하면서도 농사는 하늘이 짓는 거라 믿었다.

그런데 언제부터인가, 하늘은 그저 우주의 공간이며 그 변화도 자연 현상으로 인식하게 되었다. 자연은 단지 극복하거나 이용하여 자본화할 대상으로 위상이 추락하였다. 이제 자연은 재화의 수단일 뿐이다. 기업이든 개인이든 땅을 차지하기 위해 양심이라도 판다.

자본주의가 가져온 인간의 도덕적 타락으로 하늘의 힘이 다 빠진 걸까. 자연을 자본화하는 과정에서 생태계를 마구 파괴하니 하늘이 화가 난 것일까. 이번 폭우에, 오래전부터 자연과 어우러져 제 자리를 지키던 집이나 논밭들은 재앙을 피할 수 있었다. 산을 깎아내려 그 자리에 새로 세운 새집들이 토사에 묻히거나 침수되었다고 한다. 하늘에 떠 있는 해님마저 자본화하겠다고 수십 수백 년간 자리를 지키던 나무들을 베어내고 계곡까지 메우고 방향을 틀어놓고는 그 자리에 태양광 패널을 늘어놓았다가 변고가 난 것이다.

살아온 날들을 되돌아본다. 죽은 나뭇가지 그러모아서 지은

가마솥 밥으로 커서 연탄불에 밥을 지으며 주부로 살았고 이제는 터치만 하면 밥이 되는 전기밥솥과 더불어 편안하게 노후의 나날을 지내고 있다. 그러나 마음까지 편치는 않다. 노자의 상선약수를 배우며 닮고 싶어 하던 자연이 이제는 두렵다. '자연스럽다'는 찬사의 말도 맞지 않는 표현이 되었다.

잔뜩 흐린 하늘에서 다시 섬광이 번쩍이더니 뇌성이 요란하다. 그동안 너무나 잘 먹고 잘 입으며 풍족하고 편안하게만 살아온 나는 죄인처럼 두렵다. 창문이 제대로 잠겼는지 다시 한번 걸쇠를 확인한다. 한 번 더 사용하려고 걸어 둔 KF94 인증 마스크도 확인한다. 소비하고 나오는 쓰레기를 버리러 나갈 때는 소가되어 이 부리망을 써야 한다. 부리망을 쓴 소는, 좋아하는 물억새 우부룩한 군락을 만나도 침만 줄줄 흘려야 한다.

내가 그렇게 부리망 쓴 소가 되어 지내는 사이에 놀랍게도 미세먼지가 사라졌다. 작년까지만 해도 미세먼지로 이른 봄부터 여름까지 뿌옇기만 하던 하늘이었다. 하늘을 합일의 대상으로 여기던 조상이 계셨다면 이럴 때 전염병과 폭우의 의미를 어떻게 해석할까.

후두둑, 바람이 눈물을 떨군다. 어머니도 우리의 잘못을 호되게 꾸지람하시고는 돌아서서 눈물을 훔치셨었는데….

새장

기말고사를 며칠 앞둔 날이었다. 다른 일은 제쳐놓고 새벽부터 책상머리에 붙어있었다. 메티스, 테미스, 에우뤼노메, 데메테르, 므네모쉬네, 레토, 헤라……. 제우스의 여러 아내가 외워지지 않자 슬그머니 부아가 났다.

'아, 진짜!'

바람둥이 제우스 때문인지, 노화하는 기억력 때문인지 모르지만, 나도 모르게 볼멘소리가 튀어나왔다.

장단이라도 맞추듯 창 너머 십자매 두 마리가 푸드덕거리며 울어대기 시작했다. 모이나 물이 떨어졌는가 싶어 나가 보았다. 과연 물통이 바닥을 드러낸 채 바짝 말라 있었다. 물을 채워주려고 새장 문을 열자 작전 개시하듯 두 마리가 후르르 날아가 버렸다. 빨아 넌 빨래나 줄지은 화분들 사이에 숨은 것 같았다. '그래, 이왕 탈출했으니 잠시라도 자유롭게 해 주자.' 하고는 방으로 들어와 책상 앞에 다시 앉았다.

제우스의 여러 아내는 물론 수많은 자식을 포함한 올림포스의 신들까지 통달하고 나서야 새를 떠올렸다. 우선 다용도실에 가서 커다란 바구니를 꺼냈다. 맨손으로 옮기는 것보다 그것으로 덮쳐 잡는 게 쉬울 것 같아서였다. 바구니를 엎어 들고 숨죽인 채 베란다 끝에서부터 샅샅이 뒤졌다.

그러나 덮치기는커녕 깃털 하나 구경할 수 없었다. 창문은 닫혀있으니 어디엔가 있겠지 싶어 재차 화초 이파리들을 들추어갔다. 허리에 쥐가 날 정도였다.

귀신이 곡할 노릇이었다. 쩝, 입맛을 다시고는 비어 있을 새장을 물끄러미 바라보았다. 그런데 이게 웬일인가. 새 두 마리가 둥지 안에서 고개를 얄랑거리며 나를 빤히 보고 있는 게 아닌가.

스스로 갇히다니…. 책을 다시 펼쳤지만, 글자들은 말똥말똥한 새 눈망울로 나를 올려다보았다. 이윽고 점점 커지더니 한 획한 획이 창살로 옥죄어 왔다.

예닐곱 살 때부터 시험을 치러 왔다. 할아버지께서는 저녁마다 언니와 나를 사랑방으로 부르셨다. "네 사탕 하나를 언니에게 주면 똑같이 먹게 되고, 언니 사탕 하나를 네게 주면 네가 언니의 다섯 곱을 먹게 된다. 네 손에 있는 사탕은 몇 개냐?" 하는 식이었다. 초등학교에 들어가서부터는 받아쓰기 시험에 시달렸다. 한글은 다 깨우치니 또 다른 시험이 기다리고 있었다. 6학년이 되어서는 중학교 입학시험에 대비하여 방학에도 산을 넘고 물을 건너며 학교에 나갔다. 중학교에 들어가서는 고등학교 입학시험에, 고등학교에서는 대학교 입학시험에 대비해서 오직 시험에 갇혀 자랐다.

학업을 마치고 결혼하기까지는 잠시 시험에서 해방될 수 있었다. 그런데 결혼 후 직업을 갖게 되었는데 우연히도 학원업이었다. 그때부터는 내가 시험을 치는 게 아니고 학생들이 시험을 잘 치도록 가르쳐야 했다. 부끄럽지만, 학원의 목표는 1등, 아이들이 시험을 잘 치게 하는 일이다. 학교별로 중간고사나 기말고사가 끝나면 그때마다 학원가는 술렁인다. 학교 시험에서 좋은 성적을 얻지 못한 학생들이 시험을 더 잘 보게 해 준다는 다른 학원을 찾아 떠나기 때문이다. 수강생 머릿수가 연봉인 원장은 그때마다 시험이라는 다음 전쟁에 대비해 전열을 고쳐야 한다. 더한 시험지옥이었다.

하늘로 가는 길

둘째아이까지 학업을 마치고 자립하자 이때다 싶었다. 결단을 내리고 교육지원청에 폐원신고서를 제출했다. 그런데 참으로 묘한 일이었다. 시험에서 해방되었지만, 자유롭지 못했다. 내가 잘하고 있나? 이제까지 잘 살아왔는가? 시험을 쳐서 확인해 봐야만 할 것 같았다.

은퇴했으니 기말고사일까. 100세 시대라니 중간고사일까. 아무튼, 철학서를 구해 읽고 도서관에서 인문학 강의 들으며 내 인생을 채점해갔다. 그러다가 아예 대학의 관련학과 학부생으로 편입까지 해버렸다. 새장에 스스로 갇힌 십자매 꼴이다.

왜 그랬을까. 인간을 포함한 생명체의 행동 양식에 대한 해설은 크게 두 가지로 나뉜다. 타고난다는 것과 만들어진다는 것인데, 철학자 존 로크는 행동 양식의 중요한 요소는 경험과 환경이라고 주장한다. 이는 정신분석학자 프로이트를 거쳐 미국 문화인류학의 아버지 프란츠 보아스 등으로 계승되어왔다. 인간 본성이 인간을 만드는 것이 아니라 문화가 인간 본성을 만든다는 것이다.

한편 2003년 인간 유전체 지도가 완성되면서 인간의 행동 양식은 타고난 것이며 따라서 유전정보에 의해 결정된다는 유전결정론에 무게가 실리기 시작했다.

이어 과학 저술가 매트 리들리는『본성과 양육』에서 인간의 행동 양식은 유전자의 지배를 받지만, 뇌의 뉴런 신경망은 환경에 반응하여 조절되고 재구성된다는 또 다른 이론을 펼친다. 즉 본성이 양육을 통해 작용한다는 주장이다.

그렇다면 나는 시험에 갇혀 살 유전자를 물려받아서 이러는가. 달달 외운 성적순으로 줄 서야 하고, 과정이야 어찌 되었든 가진 순서대로 행세하는 환경 탓인가.

다시 살아보고 싶다. 한 줄 어디쯤 세워져 아득한 선두에 멀미를 앓아야 하는 환경만은 바꿔 살아보고 싶다.

하늘로 가는 길

영장의 참패

새로 난 고속도로 옆 비닐하우스 안이었다. 고추 모가 떡잎 사이로 파릇파릇 본잎을 펼쳤는데 한쪽에는 누렇게 말라비틀어진 농작물의 잔해가 끝없이 뒤엉켜 있었다. 의아하여 밭 주인에게 물었더니 대답 대신 피식 웃었다.

지난여름의 일이란다. 이상기온으로 터널형 비닐하우스 안의 한낮온도는 섭씨 50도를 향해 올라가고 있었다. 농부는 애써 키워 출하를 앞둔 복분자가 행여 열해라도 입을까 염려되었다. 아쉬운 대로 양쪽 문을 활짝 열어 복사열로 뜨거워진 공기를 바깥 공기와 순환시켰다.

그런데 순환한 건 공기뿐이 아니었다. 농부가 하우스를 떠나자, 비닐 장벽으로 출입을 통제당했던 참새 수십 마리가 날아들었다. 복분자 나무는 온통 가시지만, 참새들은 능숙하게 피해 다니며, 잘 익은 복분자만을 골라 쩍째글 쩨글쩨글 성찬을 즐겼다. 탐스럽게 익어가던 열매들이 참새 부리의 공격에 상품 가치를 잃고 일그러져 갔다.

한참 후 밭 주인이 비닐하우스 안으로 다시 들어왔다. 인기척에 참새 떼가 후르르 날아올랐다. 상황을 파악한 농부의 심장이 쿵쾅거리기 시작했다. 화가 머리끝까지 치달았다.

'내 땅에서 내가 가꾼 내 것을 감히 저것들이….'

마침 한쪽에 세워 둔 삽 한 자루가 눈에 띄었다. 휘둘렀다. 참새들은 매스 게임이라도 하는 듯 넓은 비닐하우스 공간을 떼 지어 날아다니며 요리조리 삽자루를 피했다. 한참이나 실랑이한 끝에 참새 두 마리를 움킬 수 있었다. 일단 모자를 벗어 가두었다. 그리고는 한 알이라도 더는 빼앗길 수 없었기에 삽자루를 더 높이 더 빨리 휘둘렀다. 참새들도 더욱 소리 높여 푸드덕거렸다. 잠시 주저앉아 땀을 닦을 때는, 참새들도 가지에 앉아 가슴을 발랑거리며 고개를 갸웃거렸다.

등줄기를 따라 또르르 구르는 땀방울의 자극에 번득 묘안을 떠올렸다.

'옳거니, 이렇게 더운 날 온몸이 깃털로 덮인 저것들은 나보다 훨씬 더 못 견디겠지? 잠시 후면 더위에 지쳐 맥을 못 추게 되리라. 으흠!'

회심의 미소를 지으며 비닐하우스 양쪽 문을 다부지게 밀어 닫고 비닐하우스를 떠났다.

얼마나 지났을까. 태양은 한껏 달아올라 대지를 통째로 익히기라도 할 기세로 열기를 더하고 있었다. 이쯤이면 비닐하우스는 불가마가 되고도 남았을 테지. 농부는 밭둑을 걸어 비닐하우스로 향했다. 뙤약볕에 이마가 벗어질 지경이었지만, 개의치 않고 잠시 후의 쾌재를 위해 발길을 재촉했다.

그런데 이게 어찌 된 일인가. 더위에 지쳐 바닥에 널브러져 있어야 할 참새는 한 마리도 보이지 않고 복분자 나무 이파리들만 끓는 물에 데쳐낸 듯 축 늘어져 있었다. 허둥지둥 농작물의 상태를 살피는 사이 저만치에서 참새 한 마리가 푸득 날아올랐다. 이어 여기저기서 날아오르더니 순식간에 후루루루 빠져나가는 게 아닌가. 모자 속에 가두었던 두 마리조차 함께 날아가 버렸다. 참새들은 복분자 열매를 배불리 먹고는 군데군데 쌓아 놓은 짚더미 속에 숨어들어 복사열을 피했던 것이다. 결국, 널브러진 것은 얄미운 참새들 대신 애써 가꾼 복분자 잎새였다. 농부도 털썩

주저앉았다.

어린 시절, 우리 집 뒷담은 탱자나무가 대신했다. 온통 가시로 이루어진 덕에, 근동에서 기중 낫다는 살림이었지만 누구도 담 치기를 엄두 내지 못했다. 아버지 몰래 밤 나들이를 갈 때도 그 낮은 탱자나무 울타리 대신 삐그덕거리는 일각문을 이용해야 했다.

그런데 신기하게도 그곳에는 수시로 참새 떼가 짹째글거렸다. 열매가 다 떨어져 가시만 촘촘한 겨울에도 그랬다. 참새는 탱자나무 담에서 무얼 먹느냐고 물었더니 어머니는, 노는 것이라며 방해하지 말라 하셨다. 참새 떼에게 탱자나무 가시 속은 어떤 맹수도 침범할 수 없는 안식처이기에 맘 놓고 놀 수 있는 곳이라 하셨다.

이런 터에 과연 만물은 사람을 영장이라 생각할까. 일찍이 노자는 '제물론'에서 만물의 선악미추를 구분을 하는 것 자체가 잘 못되었다고 했다. 세상에 그런 것은 없단다. 관점에 따라 다른 것이 아니고 애초부터 없단다. 이규보의 '문조물'에서도, 어찌하여 해로운 짐승이나 벌레를 만들었냐고 사람이 조물주에게 따지자, 자생자화 즉, 나는 아무것도 만들지 않았으되 하물며 이로움과 해로움을 분별하여 조처했을 리 있겠느냐고 되묻는 대목이

나온다. 그런데 사람만이 자신들이 만물의 영장이라 우기며 충족될 수도 없는 욕심을 키운다.

밭 주인도 그새 장자를 읽었나, 말라비틀어진 복분자 나무 잔해들을 태연하게 그러모아 묶어냈다. 밖에서는 고속도로를 질주하는 자동차들이 으르렁거리며 선두를 다투고, 그들이 내뿜은 매연으로 저 멀리 국사봉 산마루는 제 색을 잃고 희끄무레 누워 있었다.

인간의 기본값

지역 문학단체에서 양성평등이란 주제의 글을 공모하니 홍보
하란다. 양성이란 낱말이 공기의 성분처럼 새삼스러웠다. 잊어
야만 하는 일을 도로 떠올리는 심정으로 인터넷 서점을 클릭해가
다가 권김현영 외의『한국남성을 분석한다』라는 책을 발견했다.
28쪽에서 다음의 글을 읽었다.

평화로운 시골 농장에 악당이 쳐들어온다. 위기를 직감한
아버지는 가정과 농장을 지키기 위해 총을 들고 나선다. 집을
나가기 전 아버지는 가족들과 숙연한 이별을 나누고, 7살짜리
아들에게 숨겨 둔 총을 건넨다. "아빠가 없으니까, 네가 어머

니와 누이를 지켜라. 넌 남자니까."

'이럴 수가, 7살짜리에게 가족을 지키라니….'
   미국 남자의 이야기였다는 다음 문장에서야 겨우 입을 다물고 고개를 끄덕였다. 우리나라에서 비슷한 일이 생겼다면 대를 이을 어린 씨앗에게 총을 맡겼을까. 오히려 어머니와 누이가 목숨을 걸고라도 씨앗을 지켜냈을 것이다.
   기억 하나가 파노라마처럼 펼쳐졌다. 내 유년 시절의 '평화로운 시골 농장'에도 때때로 '악당'이 들이닥쳤다. 악당은 어머니를 초조하게 했으며 우리 다섯 딸을 불안하게 하고 아버지마저도 죄인의 굴레에 가두었다.
   어느 날, 초등학생이던 나는 산등성이 고개를 넘어 하교하는 중이었다. 그때 마주 오던 아버지와 마주쳤다. 평소와 달리 말끔하게 차려입으신 아버지는 차림새와는 달리 표정이 몹시 어두웠다. 금방 소나기라도 퍼부을 듯 하늘도 흐렸다. 나는 꾸벅, 인사를 하고는 시선을 피했다.
   아버지는 아버지 이상의 남자로서 숭엄한 존재였다. 우리 집에서 유일한 남자인 아버지는 광산 김씨 종손으로서 술이라도 한잔하시는 날이면 자조적인 음성으로

"내가 17대 종손인데….."

하는 혼잣말로 슬하에 아들을 두지 못했음을 자책하셨다.

그런 아버지께서 그날, 발걸음을 멈추고 나를 한참이나 바라보셨다. 나는 공연히 주눅이 들어 '잘못한 일이 무엇이지?'하고 지레 겁을 먹었다. 그런데

"비 맞을라, 어여 가거라."

하시는 게 아닌가. 의외의 부드럽고 낮은 음성에 고개를 드니 아버지의 눈이 붉고 물기까지 어려있었다. 집에 도착하니, 화롯불에 된장찌개를 올려놓고 마당에 나와 나를 맞이해야 할 어머니는 방에서 옷가지를 정리하고 계셨다. 어머니의 눈도 부어있었다.

그날 아버지는 새장가를 들러 가는 길이었다. 종부인 어머니가 딸만 내리 낳자 주위의 권유에 못 이겨 '작은엄마'를 맞이하러 가는 길에 하굣길의 나와 마주친 것이었다. 대를 이을 아들이 없다는 사실의 '악당'과 맞서 싸우러 가시는 셈이었다.

깨끗하고 좋은 옷으로 아버지의 혼행길을 준비하시던 어머니의 마음은 어떤 것이었을까. 아버지가 새 옷으로 갈아입으실 때 돌아앉아 우셨다고 한다. 옷을 갈아입으신 아버지도 말없이 눈물을 흘린 후 일어섰다고 한다. 지켜야 할 '대를 이을 어린 씨앗'

이 없다는 사실은 그렇게 악당으로 내 유년을 유린했다.

남녀 차별의 젠더 사상이 사랑까지 초월하는가. 아들을 낳아주지 못하면 쫓아내기도 했다는데 아들을 여자 혼자 잉태하는가. 이 책의 56쪽에서 정희진은, 남성은 성차별의 수혜자이면서 동시에 여성에 대한 가해자라고 한다.

그러나, 남자가 남편이거나 아버지의 입장에 서게 되면 가족이라는 공동체 안에서 혜택도 해악도 함께해야 한다. 그날 작은 엄마를 맞으러 갔던 아버지는 작은엄마가 아니라 친구분과 동행하여 귀가하셨다, 만취가 된 상태로 등에 업혀서. 그 일이 있은 후 어머니는 여섯째를 임신했고 천만다행으로 남동생을 낳으셨다. 드디어 우리 집에도 지켜야 할 '대를 이을 어린 씨앗'이 탄생한 것이다. '씨앗'은 우리 다섯 딸의 달고 나오지 못한 죄를 사해주는 면죄부이기도 했다.

부모님보다 우리 다섯 딸이 먼저 남동생을 보살폈다. 위로는 생활 패턴이 다르기에 같이 있는 시간이 많은 아래 딸들이 주로 애를 썼다. 남동생을 데리고 등교하는 어린 막내 여동생은 으레 책가방 두 개를 멨다. 비가 와서 산길이 질척거리면 남동생까지 등에 업고 산을 넘었다. 녀석은 발을 질질 끌리면서도 어린 누이에게 업혀 그렇게 학교에 다녔다.

대신 부모님은 우리 다섯 딸을 살뜰히 보살피셨다. 집안이 잘되어야 '씨앗'이 잘 자란다는 밑절미에서 그러셨을 것이다. 덕분에 나는 여자로서는 드물게 대처로 나가 공부를 할 수 있었다.

성인이 되어서도 우리 딸 다섯은 부모님보다도 남동생을 우선시했다. 어머니 대신 입시 치르는 동생을 따라다니며 따끈한 도시락을 대령했다. 키가 큰 녀석을 위해 큰 치수가 있는 고급 브랜드를 알아내어 옷과 구두를 사 날랐다. 녀석은 '씨앗'이었으니까.

이제는 부모님이 돌아가시고, 아버지에서 아들로 이어지는 남계혈통의 호주제도 없어졌다. 남아선호 사상의 주범이 호주제가 아닌가. 호주제도는 일제강점기부터 일본식 이에제도를 이어온 악습이다. 일본은 이 제도가 양성평등에 어긋난다고 1948년에 이미 삭제하였는데, 우리나라는 2008년에 와서야 폐지했다.

남성 중심의 문화 속에서 남성과 여성이라는 생물학적 다름은 단지 다름에 그치지 않는다. 이러한 뿌리 깊은 사상은 고려 시대를 지나 유교가 국교로 토착하면서 정점에 이른다. 여필종부女必從夫, 삼종지도三從之道, 칠거지악七去之惡이라는 불문율이 지켜질 수 있었던 것은 인간의 기본값은 남성이라는 전제하에서였다.

조선 시대에서 일제강점기를 거치고 오늘에 이르기까지 긴 세월이 흘렀건만, 아직도 여자는 기본값에 못 미치는 존재인가. 내 삶의 한편에 양성평등, 페미니즘이라는 말이 구호처럼 존재한다.

나의 대척점에 있는 젠더로서의 보편적 남자들, 그러나 가족이라는 공동체 안에서는 그들은 아버지이고 남편이고 아들이다. 대등 관계를 넘어 상호 의존하고 기꺼이 희생을 감수할 줄도 아는 소중한 구성원 아닌가.

호주제란 오랜 폐단이 해소된 것을, 하늘나라에서 어머니가 보셨다면 무어라 하셨을까. '나는 사람이 아니라 사람의 여자로 살았지만, 내 다섯 딸은 사람으로 살아가겠구나' 하고 좋아하셨을 것만 같다.

두렁에 떨어진 깨알

"고구마밭이 왜 이래!"

옆 사람의 입속말이 놀라움을 더했다. 불과 얼마 전까지만 해도 시푸른 고구마 이파리들이 파도처럼 일렁거렸었다. 그런데 태풍이 휩쓸고 간 후 찾은 고구마밭은 전혀 다른 모습으로 변했다. 바랭이와 개쑥갓, 망촛대 등이 무릎 높이로 우부룩하고 그토록 실하게 순을 뻗던 고구마는 온데간데없다.

태풍이 열어놓은 그물망 문을 지나 밭으로 들어섰다. 나무 막대로 잡초들을 헤집으니, 아뿔싸! 늙은 농부의 불거진 힘줄같이 줄기들만이 잡초 사이 바닥에 구불구불 널브러져 있다. 어쩜 그렇게 이파리라고는 한 잎도 안 남았을까.

이른 봄부터 밭을 일구고 멀칭비닐로 잡초가 자라지 못하도록 잡도리를 했었다. 벚나무가 꽃비를 날리는 밭두렁에서 땀을 닦으며 적어도 몇 박스는 캘 것이라는 둥 가락동 농산물 시장에 내다 팔자는 둥 기대감으로 즐거웠다. 고구마 잎줄기가 탐스러워도 따지 않았다. 더 많은 고구마를 캐기 위해 맛있는 고구마 줄기 볶음은 포기했었다. 알칼리식품이긴 해도 전분이 주성분이기에 평소 즐기지 않지만, 손수 가꿔 얻은 고구마는 먹어도 군살이 붙지 않을 것만 같았다.

그런데 고구마가 막 들기 시작할 무렵 연달아 불어닥친 태풍에 사달이 난 것이다. 애써 둘러친 그물망 울타리가 태풍에 넘어가면서 고구마밭은 고라니들의 성찬장이 되고 말았다. 줄기만 앙상하게 남은 이랑에는 고라니 배설물이 어지러이 흩어져 있다.

그런데 참 이상하다. 고구마 농사를 망친 안타까움 이면에 궁금증이 미련처럼 꼬리에 꼬리를 문다. 우부룩하게 잘 자란 잡초들, 처음부터 멀칭으로 막고, 수시로 뽑아내었건만 어쩜 그리도 잘 자랐단 말인가. 고구마 잎이 이랑 고랑 무성할 때는 잡초가 없었다. 그런데 고라니의 습격으로 고구마가 자라던 자리에 빈 공간이 생기자 어느새 잡초밭을 이룬 것이다.

애당초 잡초와 고구마를 함께 자라게 했다면 어찌 되었을까. 잡초에 묻혀 자라는 고구마를 고라니가 싹쓸이할 수 있었을까. 그동안 원수처럼 대해온 잡초가 달리 보인다. 진즉에 잡초의 가치를 높이 평가한 사람이 있다. 해발 1,200여 미터 산중 무밭으로 무거운 석비를 끌고 올라가 잡초 공적비 제막식까지 거행한 사람이다. 잡초에 대한 고마움이 얼마나 절실했으며 그렇게까지 했을까.

그는 나와 같이 박달재 아래에서 나고 자란 동향인으로, 그의 저서 《미련해서 행복한 농부》에는 나와 공유한 유년의 시간도 꽤 있다. 그 책을 읽으며, 예전에 아버지를 찾아와서 당시로선 신농법인 비닐하우스 고추재배나 표고버섯 원목 재배 방법에 대해 진지하게 묻고 답하던 모습이 떠오르기도 했다.

아무튼 그는 잡초 덕에 꿈을 이루었다고 할 수 있다. 농사를 짓기 위해 처음 고랭지 육백마지기 평원을 찾을 때는 길조차 어찌나 험한지 트럭 짐칸에 돌을 잔뜩 싣고서야 겨우 비탈길을 오를 수 있었다고 한다. 도착해 보니 잡초 한 포기 자랄 수 없이 황량하고 해발 1,200고지의 강한 바람에 흙먼지만 날리고 있었다. 지력을 되찾아보려고 덤프트럭이 망가지도록 퇴비를 날랐으나 허사였다. 어찌어찌 가꾸던 농작물이 폭우와 강풍에 뿌리째 휩쓸려버리기도 했다. 그곳 강풍은 자동차까지 뒤집을 정도로 대단하단다.

그러한 난관을 극복하게 해 준 것이 잡초였다. 이것저것 다해보다가 통장 잔고가 바닥날 때쯤 잡초 농법에 도전한다. 잡초 중에서도 초세가 강한 호밀 씨를 뿌려 땅심을 길렀다. 호밀은 뿌리를 깊고 넓게 뻗는다고 한다. 그러니 땅의 영양분을 이동해 주고 무엇보다 강풍이나 폭우로부터 땅을 지켜준다.

무 배추 파종기가 되면 기르던 잡초를 갈아엎는다. 평소 즐기는 막걸리 한잔과 큰절로 잡초와 이별을 고하고는 갈아엎은 자리에 무 배추를 심는다. 이후에도 헛골에 저절로 돋아나는 잡초 덕을 본다. 잡초들은 산꼭대기의 강풍에도 끄떡없이 버티며 무 배추를 보호한다. 무 배추가 어느 정도 자리를 잡으면 웃자란 잡초를 한 차례 베어만 주면 끝이다. 남아있는 잡초 뿌리는 흙을 단단히 움켜쥐고는 아무리 폭우가 쏟아져도 토양 유실은커녕 맑은 채로 빗물만 흘려보낸다.

그렇게 잡초에 의지한 유기농법으로 고랭지 채소를 재배하여 크게 성공한 유명인사가 되었다. 성공하기까지의 공을 저서 188쪽에서 '잡초에게 공을 돌린다'고 단언한다. 무밭 입구에 '… 잡초라는 이름으로 짓밟히고, 뽑혀져도 그 끈질긴 생명력으로 생채기 난 흙을 품고 보듬어 …'라고 새긴 잡초 공적비까지 떡하니 세워 놓았다.

보통 사람들에게는 엉뚱하게 비칠지 모른다. 그러나 잡초에 대한 발상의 전환이 의외의 대단한 결과를 가져다주었다. 오로지 고구마만을 자라게 하려다가 오히려 그 반대의 결과에 봉착하고 보니 그의 잡초가 새삼 떠오른다.

고랭지 육백마지기 평원도 애초에는 비옥했었다고 한다. 그런데 잡초를 없애려고 수년에 걸쳐서 제초제를 뿌려대니 결국 아무것도 자랄 수 없는 황무지로 변했던 것이다. 잡초라고 무턱대고 짓밟고 뽑아내야만 하는가. 밭둑에 튼실하게 올라온 들깻모 몇 포기가 물음표를 이어간다. 전에는 들깨를 가꾸던 밭이었기에 떨어진 들깨 씨가 저절로 발아하였을 것이다. 올해는 고구마를 심어 고구마밭이 된 두렁에 올라왔으니 잡초 신세이다. 언제든 호미나 예초기에 희생될 처지이다. 나는 지금 사회라는 이 밭에 작물인가, 잡초인가. 경쟁과 이기로 가득한 사회에서는 누구나 타인에게 잡초일 터, 망가진 고구마밭의 무성하던 잡초가 공생의 철학을 고민하게 한다.

하늘로 가는 길

이야 니 뿌니마요

자서전 쓰기 프로그램이 끝났다. 강의를 시작하던 첫날은 서먹했는데, 마칠 때는 서로서로 손을 잡고 한동안 놓지 못했다. 그동안 참 고마웠다고, 언제 또 만나느냐고 눈시울을 붉히는 어르신도 있었다.

학습자 중에는 사할린에 살다가 영주 귀국한 사람이 절반도 넘었다. 그들은 일제에 의해 그곳에 강제 이주하거나 징용당한 조선인 후손이라고 했다. 같은 민족이라지만 러시아의 사회주의 체제하에서 살아온 그들과 대한민국의 민주주의 사회에서 살아온 내국인들은 여러모로 달랐다. 각각의 사회에서 그 배경과 역사에 따라 신념과 지식체계를 구축하고 그에 따른 생활방

식으로 문명을 이루어 왔기에 그에 따른 이상적 삶의 기준과 인간상이 다를 수밖에 없다.

　다른 점이 많은 두 부류의 학습자들을 놓고 나름대로 고민했어도 기름과 물로 겉도는 가운데 1교시가 서먹하게 시작되었다. 교육 내용을 소개한 후 라포형성에 목적을 두고 이어갔지만, 어색한 분위기는 쉽게 가시지 않았다. 어찌어찌 1교시가 끝나고 휴식 시간이 되어 준비해 간 간식을 내어놓았다. 그런데 우리나라 학습자들은 고마워하는데 러시아에서 온 사람들은 마뜩잖은 표정이었다. 한 분께서

　"이런 것들을 아무 데에서나 주시네요. 우린 먹는 시간과 장소
　가 정해져 있어요."

하며 거절의 이유를 설명했다. 문화의 차이에서 오는 이질 현상이었다. 나는 음식 끝에 정 난다는 우리 속담을 인용하여 친밀감의 표시였다고 장황하게 해명했다. 그제야 호의를 알아차리고는 고개를 끄덕였지만, 홍삼 음료는 여전히 들고만 있었다.

　2교시부터 자서전 쓰기 수업이 시작되었다. 그런데 이번에는 사할린에서 온 사람들의 국어 수준이 문제였다. 그들은 쓰기는 물론 말하기 듣기에도 문제가 있었다. 의사 간호사 부부를 비롯해 그곳에서 대학 교육을 받은 사람도 있었지만, 한국어 실력만

은 한결같이 러시아 말을 섞어야만 의사소통이 가능한 수준들이
었다. 화자와 청자 의미 그리고 사용되는 기호의미가 수시로 어
긋났다. 고개를 가로저으며 "이야 니 뿌니마요(나는 이해 못 해요)"라
고 할 때는 난감하기 이를 데 없었다.

　어떤 교육이든 상황분석이 잘 돼야 교습 과정이 수월하다. 하
루 수업을 마치고 돌아와 상황과 요구의 분석이 부족했던 부분
을 중심으로 교수요목 수정작업에 들어갔다. 아쉬운 대로 『한국
어교육론』이라는 책부터 찾아 읽었다. 사할린에서 줄곧 살아온
그들에게 하루아침에 한국어를 교수할 수는 없겠지만 조금이라
도 도움이 되고 싶어서였다. 자서전용 서식도 준비했다. 그것이
일반적인 방법은 아니지만, 학습자들의 상황에 맞추다 보니 그
리되었다.

　일주일의 준비시간이 지나고 2차시 수업 날짜가 돌아왔다. 그
때는 자리 배치부터 다시 했다. 사할린에서 온 사람들을 내국인
과 짝이 되도록 좌석을 안배했다. 그들의 부족한 국어 실력을 내
국인 학습자를 통해 보완하게 하려는 계산이었다.

　첫날 볼펜을 들고만 있던 그들에게 연대기 순으로 스무 항목
정도 주제를 정해준 뒤 선택하여 기술하도록 했다. "기억이 안
난다. 함부로 말할 수 있는 처지가 아니다." 등의 부정적인 반응

을 보이던 사람들은, 둘씩 짝을 지어 이야기를 주고받는 과정에서 조금씩 마음 문을 열기 시작했다. "이야 니 뿌니마요"라며 고개를 가로젓던 사람들도 표정이 한결 밝아졌다. 어떤 이는 혼자서 또박또박 써 내려갔지만, 대부분은 내국인의 도움을 받았다. 손짓발짓에 그림까지 그리고 때로는 번역기를 들이대며 서로 이야기를 나누는 가운데 내국인 학습자들이 틈틈이 메모해 나갔다. 아픈 과거를 돌이키는지 간간이 한숨 소리도 들려왔다. 손수건이 왔다 갔다 하고 어떤 팀에서는 까르르 웃음이 터지기도 했다. 이후 이야 니 빠니마유라는 말은 들리지 않았다.

내국인들이 과제로 써 온 글은 그때그때 발표하게 하여 상호 학습의 효과를 기대했다. 이후로 두 그룹의 '차이'는 서로를 보호하고 존중하는 계기로 발전했다. 철학자 서동욱은 그의 저서 『철학은 날씨를 바꾼다』에서 같은 종류의 사람들이라는 기준은 오히려 타인에 대한 존중과 상반되는 위험을 가져올 수 있다고 한다. 두 부류의 학습자들은 서로 다르기에 위계적 편차를 만들지 않았으며 우월과 열등의 편 가르기도 필요하지 않았다. 마치 조기와 참치를 놓고 크기로 위계를 정할 수 없는 것과 같은 이치였다.

그렇게 서로에게 들이대던 잣대마저 필요 없게 되자 순풍에

돗 단 듯 순조롭게 프로그램이 진행되었다. 그날그날의 과정이 끝나고 간단한 소감을 발표할 때 사할린에서 온 사람들은, 같이 이야기를 나눌 수 있어서 좋았다, 한국에 영주 귀국하여 부모님의 소원을 이뤘는데 부모님이 안 계신다, 묻었던 지난 세월을 돌아보니 잊었던 일들이 새삼 떠올라 아프다 등 속마음을 꺼내놓았다. 내국인 학습생들은 사할린 분들의 한 맺힌 설움을 풀어드리고 싶다, 힘들었던 사연들이 너무나 가슴 아프다 등으로 측은지심을 표했다. 전화위복이라더니 서로 다른 사회에서 살아온 사람들의 차이가 오히려 새로운 정보를 주고받으며 새 문화를 만들어가는 기회의 장으로 발전해 갔다.

반소매 입고 만났는데 헤어질 때는 바바리 차림이었다. 내국인만을 대상으로 강의할 때보다 애끈한 정을 느끼며 보람도 충만한 시간이었다. 저술가 서경식은 이민자를 "수레바퀴 자국에 고인 물속의 붕어"라고 묘사했다. 언제 졸아붙을지 모르는, 바퀴 자국에 고인 물로 생명을 이어오느라 얼마나 힘들었을까. 더구나 그들은 더 나은 삶을 위해 스스로 선택한 이민이 아니고 강제로 끌려간 경우가 아니던가. 이제 고국에 영주 귀국하여 지난 삶을 돌아보며 그간의 설움을 토해낸 역이민자들은 한결 밝은 표정으로 종강에 임했다. 함께했던 내국인들 역시 그들의 삶을 거울삼아 자신을 돌아보는 소중한 기회였다고 흐뭇해했다. 나 또한 지금 노니는 국가라는 강물이 얼마나 깊고 넓은지 새삼 느끼게 되었으며 아직도 세계 곳곳에서 수레바퀴 자국의 얕은 물에서 가쁜 숨을 쉬고 있을 수많은 디아스포라를 한 번 더 생각하는 기회이기도 했다. 무엇보다 차이에서 오는 '이야 니 뿌니마요'라는 장애물이 오히려 서로를 존중하게 되는 결과를 가져왔을 때 가슴이 뛰었다.

호야

호야꽃이 졌다. 손끝이 닿자마자 기다렸다는 듯이 우수수 쏟아져 내렸다. 북쪽 하늘에 대고 '호야꽃!'을 외치며 초혼의식이라도 하고픈 심정이다.

이태 전이었다. 어느 장애인 단체에서 작은 화분을 하나 주었다. 화분에는 노란 무늬가 있는 다육질의 이파리 몇 장이, 뇌성마비 장애인의 사족처럼 뒤틀린 갈색 줄기에 매달려 있었다. 화분조차 견고하지 못해 집까지 운반하는 중에 우그러져 흙이 쏟아지며 뿌리가 드러났다. 그래도 이파리들만은 윤기가 돌아 쓰레기통 대신 베란다 여러 분재 틈에 던지듯 아무렇게나 놓아두었다.

제때 물을 주지도 않았다, 다만 소사나무, 애기단풍, 해송들의 습성 맞춰 물을 줄 때 호야 화분에도 물 줄기가 닿았을 것이다. 분재마다 용토를 살피고 분갈이해 줄 때도 그것은 내 관심 밖이어서 좁은 플라스틱 화분에서 궁색하게 생을 이어갔다. 베란다 바닥을 청소할 때 성가시어 빗자루로 한쪽에 밀어두고는 깜빡 잊어 햇빛 없는 구석에 한동안 유배시키기도 했다.

그러거나 말거나 호야는 한결같았다. 계절이 바뀌어도 연두색 어린싹을 내밀거나 꽃을 피우지 않았다. 복숭아 분재처럼 열매를 맺어 결실의 기쁨을 선물하지도 않았다. 모과나무처럼 고운 단풍을 보여 주지도 않은 채 가을을 살았다. 그날이 그날이었지만, 죽은 것은 아니기에 버리지는 못했다.

그런데 얼마 전, 갈색 줄기에 콩알만큼 도드라져 있는 것이 눈에 띄었다. 돌보지 않아 병충해를 입었는가 싶어 자세히 살펴보니, 마치 성냥갑 속의 성냥개비같이 꽃망울들이 오밀조밀 맺혀 있는 게 아닌가.

이윽고 어느 날, 빨래를 널려고 베란다 건조대로 향하다가 깜짝 놀라고 말았다. 빨래를 안은 채 한동안 입을 다물지 못했다. 신묘했다. 하늘에서 큰 보석이 툭 떨어진 줄 알았다. 송이송이 반투명한 별들이 방사형으로 꽃자루 끝에 매달려 주먹만 한 꽃

하늘로 가는 길

뭉치가 되었다. 연분홍빛이 얼마나 찬란한지, 은은한 향이 얼마나 황홀한지, 점액의 꿀이 얼마나 달콤한지, 꽃의 배열이 얼마나 질서정연한지 감히 비유할 대상을 찾을 수 없었다.

철학자 최문형은 그의 저서 『식물처럼 살기』에서 이렇게 말한다. 여러 가지 보살핌을 받는 작물들은 토양침투력같은 자연 능력을 많이 상실하지만, 돌봄을 받지 못하는 잡초들은 여전히 튼튼하고 질기다고.

무심한 나는 꽃이 핀 연후에야 호야가 호야라는 것마저 스마트폰 앱을 통해 알았다. 그렇게 방임했는데도 스스로 잘 자라 꽃을 피운 걸 보면, 의타심과 시기지심이 아무 소용없고 오히려 자신을 해친다는 것을 알고 있었던 모양이다.

인간은 얼마나 나약하고 이기적이고 한편 공격적인가. 혼자서는 살 수 없으면서도 사촌이 땅을 사면 배가 아프다. 하물며 남을 짓밟고 물리쳐 그 위에 군림하기도 한다.

호야꽃이 피고부터는 무시로 베란다에 들락거렸다. 머리로 보아도, 가슴으로 보아도 대견하고 아름답고 성스럽기까지 했다. 오늘 아침에도 빨래를 널 것도 걸 것도 아닌데 베란다로 나갔다.

도톰한 별 보양의 꽃들이 볼수록 별나게 고와서 손끝을 살짝

대보았다. 그런데 이게 웬일인가. 생을 마쳤으나 내게 할 말이 있어 차마 눈을 못 감고 기다렸다는 듯 손끝이 닿자 낱낱의 꽃들이 한꺼번에 와르르 쏟아져 내렸다.

향기 그대로 빛깔 고운 채 떨어진 꽃잎들. 호야꽃은 무슨 말을 하는 걸까. 최문형이 '식물처럼 살기 10계명'에서 말한, 환경에 자유자재로 적응하고 시련 속에서 인내하고 변신하며 영혼을 발화하여 당당하고 아름답게 살다 가는 것을 가르쳐 주고 싶었던 건 아닌지.

호야는 꽃들이 달려 있던 자리조차 자세히 보아야만 짐작으로 겨우 알 수 있을 정도로 지우고는 예전의 볼품없는 모습으로 되돌아갔다.

사람도 그렇게 질 수는 없을까. 한 자리 숫자를 익히기 위해서 인지활동 시간 내내 연필을 붙잡고 씨름하던 전직 교사, 음식을 삼키지 못하고 배변 기능조차 상실하여 간호사의 도움을 받으며 얼굴을 일그러뜨리던 와상 어르신…. 핀 것도 진 것도 아닌 상태로 스스로는 어쩌지도 못하는 여생을 하루하루 견디는 사람들이 스친다.

나는 호야처럼 살았을까. 살아갈 날만은 호야를 닮고 싶다. 그리하여 그날이 오면 호야꽃 지듯 툭 떨어지며 손 흔들고 싶다.

반쪽

플라톤의 『향연』 어느 쪽엔가, 아리스토파네스가 설명하는 인간의 모습이 그려져 있다. 두 명이 등을 맞댄 듯한 모습으로 눈넷에 입이 둘, 그리고 팔다리가 네 개씩이다. 그러한 본래 인간이 신의 노여움으로 갈라져 현재의 반쪽이 되었다고 한다.

그래서 결핍을 느끼는가. 이성이 아니라 무정물일지라도 가까이 다가가 함께하고 싶을 때가 있다. 이번에는 꽃에 끌렸다.

출판기념회를 산속의 한 요양병원에서 하는 날이었다. 타던 차를 폐차장에 실어 보낸 형편에 비까지 질금거려 산속으로 이어진 길이 멀게만 느껴졌다. 어렵사리 약속 장소 가까이 갔을 때에야 비가 멎었다.

그런데 비구름이 꽃으로 내려앉았나. 차창 밖으로 청보라 수국 행렬이 이어졌다. 온통 청보라였다. 물기를 머금었을 꽃잎들이 햇살을 받아 순색으로 빛났다. 호젓한 산속에 무리 지어 피어난 꽃들은 청보라 넓은 융단으로 내게 다가왔다. 내 의식은 융단을 밟으며 충만감에 흐뭇했다.

요식 행사가 끝나고 밥을 먹으러 이동하게 되었다. 그런데 참석자들도 내 마음이었나, 고기 굽는 냄새가 구수한 바비큐장을 지나쳐 산자락으로 향했다. 차창으로 스친 꽃 융단을 가까이에서 느끼고 싶던 나도 그들 뒤를 따랐다.

얼마쯤 시간이 흐르자 앞서간 사람들의 감탄하는 소리가 울려오기 시작했다. 발길을 재촉하는데 마침 옆에서 걷던 여인이 뒤처져서 멈춰서야 했다. 수국 꽃밭에서는 어서 오라는 듯 까르르 웃음소리가 터져왔다. 감동에 겨워 "보라색 나비 떼다!"라고 외치는 소리에는 심장이 콩닥거리기도 했다.

나는 짝꿍을 기다리는데 사람들은 산자락을 넘어갔다. 요란하던 소리도 멀어졌다. 그들이 즐거이 웃고 사진을 서로 찍어주는 동안은 떨어져 있어도 함께라는 생각이었는데 보이지 않자 혼자라는 생각이 들기 시작했다. 다시 비가 오려는지 구름이 몰려왔다. 구름은 며칠 전의 기억을 데려왔다.

하늘로 가는 길

영면하시는 고모부를 뵈러 현충원을 찾았었다. 일행 중 누구도 그리움을 겉으로 드러내지는 않았다. 성묘를 마치고 원내를 잠시 걷는데 멀미가 날 지경으로 많은 묘비 중에서 유독 하나가 눈에 띄었다. 그 묘비는 양복저고리를 입고 있었다. 곁에는 셔츠 바람의 장년 남성이 무연히 앉아 있었다. 바람이 그의 희끗희끗한 머리칼을 흩트렸지만, 미동도 없이 허공만 바라보고 있었다. 또 하나의 비석이었다. 우리의 그리움이 투영된 그 사람을 멀찍이서 한동안 바라보았었다.

비석 아래로 누구를 보냈을까. 바닥의 잔디조차 아직 뿌리를 내리지 못한 상태였다. 보내야 하는 사람을 잡는 일은 사그라지는 잉걸불 하나를 움켜쥐는 아픔일 테다.

기다림은 그리움을 전제한다. 그리움은 타오르는 불길을 잠재우고 다시 장작을 준비하는 일이다. 때로는 올 수 없는 존재를 위하여 장작을 준비하고, 기다려서는 안 되는 무언가를 기다리며 준비한 장작을 썩히기도 한다.

옷 입은 빗돌을 의식 속으로 되돌려 보낼 때까지 뒤처진 여인은 나타나지 않았다. 홀로 선 곳은 풀밭이었다. 저만치에서 청보라로 잔치를 벌인 수국에 비해 초라하기 그지없는 잡초들의 수풀이었다. 다리가 아파와서 쪼그려 앉았다. 그런데 앉아서 보니 초록의 이파리들 사이에 봉긋한 무엇이 대롱대롱 맺혀 있는 게 아닌가. 작아도 꿈틀거림이 느껴졌다. 둘러보니 온통 틈나리였다. 모양이나 색깔도 잡초와 구별하기 어려울 정도로 초라하지만 틈나리 봉오리가 확실했다. 이미 어떤 것에는 꽃물까지 번지고 있었다. 이파리 같은 초록색 봉오리 한쪽에 흉터인 듯 엷게 쳐진 금은 분명 꽃물이었다.

틈나리는 야생의 나리를 교배하여 원예종으로 개발한 크고 화려한 꽃이다. 머지않아 수국이 지고 나면 틈나리 붉은 꽃이 온 산자락에 타오르리라. 택시 요금이 좀 나오더라도 그곳에 한 번 더 가고 싶다. 틈나리 엷은 꽃물에 다시금 이끌리는 나는 아리스토파네스의 말대로 결핍 덩어리 반쪽임에 틀림없나 보다.

하늘로 가는 길

날밭에서 잡힌 석동무니

첫모 방정에 새 까먹는다는 말이 있다. 그런데 그날은 첫모도 두지 못했으면서 방정을 떨어 '새 까먹'고 말았다.

문학세미나 공식 일정이 끝나고 행사장 박수소리의 여운을 그대로 간직한 채 숙소에 들었다. 무언가 모자란 듯 허기를 느꼈지만, 창밖을 내다보는 것 말고는 마땅히 할 것도 갈 곳도 떠오르지 않았다. 어느 버스 종점에 홀로 내린 막막한 느낌으로 우두커니 서 있는데, 평소 조용하기만 한 김 선생님께서 들어오셨다. 마치 내 마음을 읽기라도 한 듯 빙그레 웃으시더니 가방을 뒤적거려 두 손바닥 넓이의 말판을 펴 놓으셨다. 그래도 그렇지, 모처럼의 외숙인데 방 안에 틀어박혀 윷놀이나 하잔 말인가. 시큰

둥했다.

"보통 윷과는 달라요. 천당도 있고 지옥도 있어요."

천당이라는 말에 솔깃하여 말판을 보니 희로애락이 다 쓰여 있었다. 그중에 '잉태'라는 글자에 눈길이 머물렀다. 아무것도 먹을 수 없고 아무리 애를 써도 배설할 수 없는 입덧을 기꺼이 견디던 열 달, 환희의 잉태를 윷판에서 다시 경험할 수 있다고? 솔깃하여 말판에 다가앉았다. 같은 방에 배정받은 두 사람도 끼어들어 윷가락을 하나씩 던져 편을 가르고는 난데없이 윷판이 벌어졌다.

말이 가야 할 길을 정해 두고는 기도하는 마음으로 윷가락을 던졌다. 그럴 때마다 우리 편은 "돗긴, 모!" 하며 애타게 격려를 보내는가하면, 저만치 물러나 앉아 두 손을 모으기도 했다. 상대 편은 "뒷도, 뒷도!" 하며 고함을 지르고 손뼉을 쳐대며 혼을 빼놓았다.

그러나 어느 편의 장단에 춤을 출 것인가. 윷가락은 제멋대로 자빠지고 엎어지며 나 잡아 잡수 하고 윷배를 내밀기도, 시치미 뚝 떼고는 돌아눕기도 했다. 때로는 낙으로 객기를 부리기도 했다.

말 하나가 스무 밭을 돌기 전에 '천당'에 이르러 수월하게 나고는 두 번째 말이 개밭에 올랐다. 용케 안 잡히고 살아남아 세 번째 말을 맞이했다. 업고 가잔다. 다음에 걸이 나와 앞서 가던 상대 말을 잡고는 모 한 사리에 도를 쳤다. 사기가 왕성해진 우리 편은 의기투합하여 석동무니로 말판을 돌게 되었다.

반면 상대는 생윷으로 네 말이 뿔뿔이 흩어져 앞서거니 뒤서거니 공격해 왔다. 어느 말에게 잡힐지 몰라 조마조마했다. 한 방에 대박을 노렸던 과욕을 탓해보기도 했지만 엎어진 물그릇이니 어쩌랴.

목구멍에서 단내가 올라올 때쯤이 되어서야 가까스로 날밭에 도착했다. 이제 도만 나오면 이긴다. 그러나 던지기만 하면 나와서 기를 죽이던 도가 모두 어디로 간 건가.

"도, 도! 제발 한 번만!"

그러나 윷가락을 던지는 것은 내 마음이지만, 떨어지는 것은 온전히 윷가락 마음이다. 누구도 예측할 수 없는 윷가락의 그런 '제멋대로'가 오히려 짜릿한 매력인지도 모른다. 결과가 뻔하다면 무슨 재미가 있겠는가. 신이 인간에게 준 가장 큰 축복은 내일을 베일 속에 가려놓은 것이라고 하지 않던가. 학생들이 시험 치기를 좋아하지 않는 것도 어쩌면 결과가 뻔한 이유에서인지도 모른다. 시험지는 무리수도 에누리도 없이 수험생이 노력한 만큼만 점수를 주지 않던가.

목이 쉬도록 외쳐도 도는 안 나오고 그토록 기다렸던, 이제는 필요 없는 윷, 모만 주책없이 나왔다. 그러는 사이 상대 말이 뒤를 바짝 쫓아오고 있었다. 드디어 상대 외동과 우리 석동무니가 날지와 날밭에 나란히 섰다. 마지막 기회였다. 우리가 도를 치면 이기는 것이고 상대가 도를 치면 우리 석동무니가 잡히는 판이었다. 기도하는 마음으로 윷가락을 던졌다.

개였다. 그리고는 그렇게도 기다리던 도가 나왔다, 우리가 아닌 상대편에서! 그들은 일어서서 환호성을 울리고 우리는 엎어지고 자빠지는 윷가락처럼 방바닥을 치며 나뒹굴었다.

한바탕 야단법석이 끝난 후 미리 펴놓았던 이부자리에 상자 안의 윷가락처럼 나란히 누웠다. 딱 한 번만 더 놀아보고 싶은 마음이 간절하여 잠이 오지 않았다. 석동무니로 내달리던 말만은 고쳐 놓고 싶었다. 옆자리에서 잠든 상대편의 뒤척이는 소리가 미련을 부채질했다.

아쉬운 것이 어디 윷놀이 뿐이랴. 딱 한번 뿐이기는 우리의 삶도 마찬가지이다. 주어진 것은 오로지 네 말과 말판 하나. 윷가락에 운명을 맡기고 날밭을 향하노라면 '천당'의 기쁨과 사랑의 결실 '잉태'환희를 맛보기도 하지만 곳곳에서 기다리는 '지옥'의

　　　　　　　　　　　　　　　　　하늘로 가는 길

밭도 지나야 한다.

　내 인생의 말은 어디쯤 와 있을까. 쫓기는 이 느낌은 무엇인가. 이러다가, 윷놀이 끝내고도 천정에 말판을 그리며 잠 못 들 듯 인생놀이 끝내고도 구천을 떠돌며 영면하지 못하게 되는 건 아닐까. 혹여 아직 달지 않은 말이 있다면 이제부터라도 단동무니로 느리게 가고 싶다.

　운명일랑 하늘 높이 던져 놓고 경중경중 춤추며 한바탕 놀다가도 좋으리. 어차피 놀이가 끝나면 너나없이 홀홀 털고 두어 평 영면의 잠자리로 돌아가야 하지 않던가.

　아쉬움에 꼬리를 물던 생각은 옆 사람이 코를 골아댈 때쯤이 되어서야 마무리가 되고 천장에서 어른거리던 윷가락도 희미하게 사라져갔다.

봄으로 오시는 당신

김용순 수필집

3장

길을 찾는 여정

꽃향유가 핀 작은 액자

　아직 어둠이 가시지 않은 새벽, 커피 한잔을 들고 책상 앞에 앉는다. 노트북이 부팅되는 시간에 커피를 한 모금 물고 고개를 드니 어제처럼 작은 액자가 눈을 맞춘다. 요즘 무엇이든 인물화 하는『장자』를 읽는 중이라서 그런지 글자들이 어울려 하나의 유기체로 '누군가의 꿈이 되는 삶을 살자'고 속삭이는 소리가 들리는 듯하다. 글자 아래에서는 보랏빛 풀꽃 몇 송이가 다소곳이 미소 짓는다.

　며칠 전 송년 모임에서 가져온 캘리그래피 액자이다. 회원 한 분이 커다란 가방에서 작은 액자들을 꺼내 테이블 위에 늘어놓고는 마음대로 고르라 했다. 멀찌감치 서서 바라보자니 들었다났다 야단들이었다. 다 예쁘고 좋은 뜻이니 하나만 고르기 쉽지 않은 모양이었다.

얼마간의 시간이 가고 소란이 한풀 꺾이자 가까이 다가가 보았다. 아직 여남은 액자들이 예쁜 얼굴로 새 주인을 기다리고 있었다. 죽 훑어보다가 이거다 하고 집어 든 게 책상 위에 걸린 이 액자이다.

우선 보랏빛이 눈길을 끌었다. 그 색은 어린 시절 넘나들던 험산 등하굣길에서 미소 짓던 각시붓꽃의 색깔이며 자주쓴풀, 도라지꽃, 용담을 연상하게 한다. 그려진 꽃은 아마도 꽃향유인 듯했다. 그 꽃 또한 자주 보던 꽃이다. 이파리가 깻잎처럼 쪼글쪼글하고 꽃이 필 때면 주위에 벌들이 유난히 윙윙거렸었다. 꽃이 작아서 떼어 물고 단물을 빨지는 않았지만, 꿀이 많은 꽃일 거로 생각했었다.

이어 검은색 글자들이 의미를 형상하며 가슴을 뛰게 했다. 누군가의 꿈이 되는 삶이라니…. 이제 와 새삼스럽게 다짐한들 그런 삶을 살 수 있을까만 그래도 그 글귀에 방점을 찍은 것은 가족에게조차 그렇게 하지 못했던 내 지나간 시간에 대한 미련에서였을 게다.

두 아이를 키우면서 아이들의 꿈이 되려고 애썼지만, 오히려 그들의 꿈에 걸림돌이 된 경우도 없지 않다. 큰애가 미국에서 어학연수를 마치고 학업을 계속하고자 했을 때 도움이 못 됐었다. 비싼 학비와 체류 비용 문제는 아무리 계산을 거듭해도 당시 형편에서는 답이 나오지 않았다. 꿈을 접고 돌아오는 딸을 공항으로 마중 가서 보니 그 발랄하던 모습은 어디 갔는지 그늘진 얼굴에 기운이 하나도 없었다. 장시간 비행으로 멀미가 났을 뿐이라고 억지로 웃어 줄 때 같이 웃지 못하고 고개를 돌려야 했었다. 작은애에게도 꿈길을 마냥 응원해 주지는 못했다. 학문의 길에서나 직업을 선택할 때 집안 사정을 감안해서 꿈으로 가는 지름길을 두고 우회하는 눈치가 역력했지만, 그냥 지켜볼 수밖에 없었다.

이제는 어찌해 줄 수 있는 처지도 못 된다. 어느덧 나이가 들어 일선에서 물러났으며 아이들 역시 이미 내 품을 떠나 각자의 꿈길로 향한 지 오래다. 각자의 길로 잘 가는 걸 보니, 걸림돌을 원망하기보다는 잠시 궁둥이 붙이고 한숨 돌리는 앉은뱅이 의자 쯤으로 생각했었나 보다.

꿈이 되지는 못하더라도 꿈으로 가는 길에 의자라도 되고 싶다. 빈 의자, 이왕이면 등받이가 높은 의자였으면 좋겠다. 어느 장애인종합복지관에서 마주한 그런 의자이면 더 좋겠다.

　　　　　　　　　　　　　　　　　　　길을 찾는 여정

퇴직 무렵 여가 선용 차원에서 그곳에 가게 되었을 때 처음 나를 맞이한 건 현관에 놓인 낡은 의자였다. 여느 현관에서는 볼 수 없는 광경이라서 눈에 띄었다. 드나드는 사람들이 주로 장애인일 거라는 생각을 해내고는 이내 의아함을 풀 수 있었다. 과연 그 의자는 다리가 불편한 사람들이 신발을 벗고 신을 때 몸을 받쳐주어 넘어지는 일을 방지하는 것은 물론, 편마비 장애인들의 한 손을 대신하여 지팡이와 손가방도 대신 받아주고 있었다.

귀퉁이의 페인트칠이 벗겨진 그 의자의 출처가 궁금하다. 아마도 어느 교실에서 한동안 쓰이다가 용도 폐기된 후 어찌어찌 그곳으로 흘러갔을 것이다. 존재 근거에는 다소 못 미칠지라도 놓인 위치가 장애인 시설의 현관 신발장 앞이라는 현실에 맞게 다용도로 다시 쓰이는 의자를 보며 나도 수필이라는 또 하나의 의자를 거기에 놔 주자고 다짐했었다. 그들이 내가 놓은 의자에 기대어 고통으로 치닫는 일상의 오르막길에서 한숨 돌리게 하고 싶었다. 나아가 장애라는 틀에 갇힌 표현의 욕구를 발현시켜 가려진 아름다움을 찾아 즐기기를 바랐다.

그들은 내가 바라고 고민한 것보다 더 많이 생각하고 읽고 쓰는 일을 꾸준히 하여 이제는 글도 제법 써낸다. 한 자 한 자 혼으로 눌러쓴 한 편 한 편에는 장애라는 아픔을 하나 더 안고 살아

야 하는 그들의 정화된 희로애락이 녹아있어 어떤 명수필 못지
않은 감동을 준다. 그런 글을 공모전에 보내어 수상 소식을 받아
올 때도 있다. 연말에는 한 해 동안 쓴 글들을 책으로 엮는데 복
지관에서는 가족까지 초대하여 출판기념 사인회를 열어 준다.
이름 석 자를 쓰는 데도 긴 시간과 많은 품을 들여야 하는 그들
얼굴에 웃음이 비칠 때마다 나는 코끝이 매워 오는 것을 참아야
한다.

비록 아픔 있는 글들이지만, 그 글을 쓰는 과정이 꿈으로 가는
험산에 잠시 숨 고르는 의자였고 디딤돌이 아니었을까. 그리고
고백한다, 실은 누구보다 내가 그 의자에 수시로 기대고 때로는
디딤돌에 주저앉아 숨 고르기를 했었음을.

고개를 드니 꽃향유 보랏빛이 한결 짙다. 글자들도 까만 눈망
울로 누군가의 꿈이 되는 삶을 살자고 고집스레 부추긴다.

　　　　　　　　　　　　　　　　　길을 찾는 여정

길을 찾는 여정

지난밤 준비를 마쳤지만, 일찍 잠에서 깨어났다. 잘해보려는 마음이 긴장감으로 이어졌나 보다. 꽤 오래 이 일을 해왔지만, 여전히 익숙하지 않다.

오로지 숫자에 끌려다니며 유불리를 따지던 생업에서 벗어나면서 시작된 일이다. 매주 한 번, 나는 강사로서 그들 앞에 선다. 그러나 따지고 보면 배워오는 날이 더 많다. 준비도 없이 어느 날 문득 장애라는 벽에 갇힌 그들과 함께하며 세상에는 나 자신도 어찌할 수 없는 일이 있으며 나만큼, 아니 나보다 더 아프고 힘든 날을 견디는 사람이 많다는 걸 수시로 깨닫는다.

그러다 보니 자주 뒤돌아보게 된다. 좋아서 하는 이 일 또한 그들에게 얼마나 도움이 되는지 스스로 묻곤 한다. 희망을 강요하거나 감히 동정하지는 않았는지, 또 두 시간 동안 쏟아낸 수많은 낱말의 쓰임은 적절했는지. 우리가 일상적으로 사용하는 눈뜬장님이나 벙어리장갑, 결정장애라는 말들에 그들을 비하하는 뜻이 담겨 있다는 걸 알면서도 고쳐지지 않는다.

프로그램은 '수필아, 놀자'이지만, 주제는 행복 누리기로 귀결된다. 나는 실체도 없는 그것을 찾아 매주 수필 한 편씩을 준비하여 그들에게 손을 내민다. 수필 내용을 바탕으로 행복을 찾아 두 시간 동안 헤매지만, 장애라는 걸림돌을 앞세우고 가야 하니 쉬운 일이 아니다. 다만, 수필을 지팡이 삼아, 실질적인 평등에 관해서 이야기하고, 부족한 시설이나 물리적인 장애보다는 인위적으로 만들어진 사회적 장애에 맞서 주체적이고 주도적으로 살아가는 길을 찾아가는 여정일 뿐이다.

쉬는 시간은 따로 있지 않다. 그들은 아무 때나 필요에 따라 강의실을 드나든다. 안쪽의 휠체어가 나갈 일이 생기면 출입구에서 가까운 휠체어부터 차례로 나가야 한다. 책상 사이 좁은 통로에 덩치 큰 전동휠체어가 비킬 수 있는 공간이 없기 때문이다. 흠집투성이인 문틀 사이로 화장실을 향해 우르르 빠져나가는 그들의 등을 보고도 이제는 눈시울을 붉히지 않는다.

길을 찾는 여정

장애인이 비장애인처럼 살기란 쉬운 일이 아니다. 점심 한 끼 매식을 위해서도 거쳐야 하는 난관은 헤아릴 수 없이 많다. 가벼워진 주머니 사정은 차치하고라도 가는 길에 턱이나 계단이 없어야 하며 비탈길도 위험하다. 보도블록도 때로는 멀미를 유발할 정도의 충격으로 다가온다. 식당으로 들어가는 문이 좁아도 안 되고 어렵사리 들어가도 신발 신은 채 앉을 수 있는 입식 좌석이어야만 이윽고 메뉴판을 마주할 수 있다. 그렇다고 아무 메뉴나 주문할 수도 없다.

그래서 지난주 회식은 구내식당에서 이루어졌다.

"히이이, 씨이불 수가 없어서 고기를 먹으면 배… 배가가 아파요. 너무 맛있어서 씨부울라구 하믄 꼴까닥 넘어가 버려요. 히이이."

반찬 없이 멀건 국물에 밥을 말아 마시듯 한 끼를 때우는 그녀는 내 옆에 앉았고, 화장실 다니기가 번거롭다며 국 건더기만 식판에 받아온 편마비 여인은 내 맞은편에 앉았다. 멸치육수로 국물을 낸 김칫국을 한 수저 뜨면서 나도 모르게 튀어나오는 "시원언하다!"는 말은 황급히 삼켜야 했다. 카레이싱을 즐겼었다는 청년은 적은 양의 음식을 식판에 골고루 받아와서 어줍은 수저질로 밥알을 세듯 아껴 먹었다. 양껏 먹고 싶지만, 체중이 늘면

도와주는 사람이 힘들기 때문이란다. 그나마 목발에 의지해서 걸어 다니는 젊은 여인은 식판 가득 담아다 준 음식들을 나중까지 남아서 오물오물 즐겼다.

오늘은 수필창작 이론이나 명수필을 준비하지 않았다. 텔레비전을 통해 우연히 알게 된 어느 유튜버의 일상을 강의 자료로 활용할 예정이다. 주인공은, '우리 모두에게 기적을'이라는 슬로건으로 채널 위라클을 운영하는 장애인이다. 낙상사고로 의식조차 없던 그는 하반신의 감각이 소실된 상태로 다시 태어나 매회 기적을 소개한다. 오랜 혼수상태에서 어렵사리 의식을 되찾은 자신, 겨우 손가락을 까딱할 수 있게 된 어느 교통사고 환자, 오랜 재활치료 끝에 두 다리로 일어선 또 다른 젊은이…. 이런 회복이 기적이라고 소개된다. 적어도, 오늘 만나는 사람들은 의식이 있고 손가락을 움직일 수 있으며 목발을 이용해서라도 두 다리로 설 수 있으니 이 모든 기적을 이루어 낸 셈 아닌가. 그러므로 오늘만큼은 어깨 펴고, 아니 어깨 못 펴는 사람도 있으니 마음들 쭉 폈으면 좋겠다.

길을 찾는 여정

칡과 등

계단을 조심조심 디뎌 밖으로 나오니 희붐하게 아침이 오고 있었다. 학생들이 등교하기 전에 아침 운동을 끝내야 하므로 발길을 재촉했다. 운동장에 다다르니 여명에 바랜 스무사흘 하현 달이 새벽하늘에서 빙긋이 웃었다.

건강검진에서 대사증후군 판정을 받은 후로 자주 나온다. 평소에 움직이는 것보다는 의자에 궁둥이 붙이길 즐겨 한 벌을 받는 셈이다.

하루 중 이 무렵은 가장 소중한 시각이다. 책도 잘 읽히고 글도 술술 잘 풀리는 아까운 새벽 시간인데 운동장 둘레나 빙빙 돌아야 한다니…. 그러나 어쩌랴. 나 싫다고 운동 안 하면 건강을 해칠 테고, 나 좋다고 아무 때나 왔다가는 공부하는 학생들을 방해할 테니….

몇 바퀴 돌고 나자 다리가 무거워졌다. 운동장 가 계단에 궁둥이를 내려놓았다. 옆에는 지난 초여름 온통 보라색으로 융단을 깔던 등나무의 팔뚝 같은 밑둥치가 동바리를 감고 있었다.

'이렇게 굵은데 왜 스스로 서지 못하고 다른 물체에 의지해서 자라는 것일까.' 궁금했다. 다른 등나무를 살펴봐도 감아 올라갔다, 한결같이 왼쪽으로.

그러고 보니 또 있다. 어릴 적 나물바구니를 끼고 산에 올라가면 탐스러운 칡 순이 자주 눈에 띄었다. 튼실하게 올라오는 그것을 뚝 끊어 껍질을 벗긴 다음 아그작 깨물면 달곰쌉쌀한 즙이 갈증을 달래기 충분했었다. 그런데 칡도 소나무나 참나무 따위를 감아 올라가며 자랐다. 근처에 마땅한 나무가 없어 바닥에서 기더라도 자기들끼리 감으며 뻗어갔다. 그것은 모두 오른쪽으로였다.

감는줄기라도 등나무 줄기는 동바리를 왼쪽으로 감아 도는데 칡은 오른돌이이다. 이런 생태에 빗대어, 개인이나 집단 사이에 목표나 이해관계가 달라 서로 적대시하거나 충돌하게 되는 상황을 칡 갈 자와 등나무 등 자를 써서 '갈등葛藤'이라고 표현한다.

길을 찾는 여정

칡이나 등나무가 인격체라면 갈등이라는 어휘를 이해할까. 그들은 서로 적대시하거나 충돌하지 않는다. 칡은 칡의 길을 오른쪽으로 돌아서 가고 등나무는 등나무의 길을 왼쪽으로 돌아가며 오를 뿐이다. 나는 어린 시절 박달재 깊은 산골에서 이들과 함께 살았지만, 두 수종이 적대시하거나 충돌하는 것을 본 적 없다. 한 나무를 같이 타고 오르는 것조차 본 일이 없다.

얼마 전 한 친속과의 갈등으로 속앓이를 했다. 매운 고추를 다져 넣은 된장국을 퍼넣으며 아릿한 속을 덮어야 했다. 내가 좋아하는 감자옹심이나 메밀묵 앞에서는 어김없이 전화를 해 주던 그녀였다.

그런데 그녀는 내가 아니듯 나 또한 그녀와는 다르다. 그녀는 자신의 시댁 가풍을 따라 살아오며 아이들을 키웠고, 나는 내 남편에 맞춰 내 아이들을 보살피며 살아왔다. 그러자니 살림살이도 조금씩 다르다. 그렇지만, 그녀는 자신의 가정을 이루고 나는 내 가정을 이루며 살아왔기에 갈등이 없었다.

그런데 어느 날, 조카네 살림 방법을 놓고 의견이 충돌했다. 서로의 마음에 실금을 내고 나서야

'조카네는 조카의 형편에 따라 본인들의 의지대로 살아가면 그만인 것을….'

뒤늦은 후회를 했다.

산에는 등도 살고 칡도 산다. 사람 사회에도 등이 살고 칡이 산다. 등나무 잣대로 본다면 칡은 비정상이거나 범법자이다. 그러나 어디 그런가. 심리학자 황상민은 사람들의 평균을 찾는 것을 거부하고 크게 다섯 가지로 유형화한다. 유형화한다는 것은 모두 다르다는 전제로 이루어지는 것이니 아마도 내 주위에는 다섯이 아니라 천이백육십사 종류 이상의 사람이 살고 있을 것이다. 스마트폰 주소록에 천이백육십사 명의 전화번호가 저장되어 있으니까.

칡과 등이 지주목을 오른쪽으로 감아 도는 것이나 왼쪽으로 감아 도는 것이나 목적은 한가지다. 광합성 작용을 위해 더 많은 햇빛을 받기 위한 나름대로 생존방법이다. 우리도 잘살기 위해 서로의 길을 간다. 한정된 부와 권력과 명예를 추구하는 길이 다를 뿐이다.

공동의 목표인데, 갈등 없이 살 수는 없을까. 근래에, 인체에는 타인을 관찰할 때 자신이 스스로 행동하는 것처럼 느끼게 하는 거울신경세포라는 게 존재한다는 게 밝혀졌다. 키 큰 나무는 곧게 자라고 키 작은 기는줄기는 감아 오르지만, 키 작은 나무를 위해 이파리를 아치형으로 펼치고, 반대로 도는 수종을 밀어내지 않고 비껴가듯 서로의 가치관을 존중하되 각자의 거울신경세포를 더욱 활성화하는 데 힘쓴다면 나처럼 매운 국물을 일부러 들이켜지 않아도 되지 않을까.

등나무 둥치를 따라 사유의 가지를 올리다 보니 어느새 아침 해가 올라와 학교 건물의 그림자를 그리고 있었다. 얼른 일어나 궁둥이 털 새도 없이 발길을 재촉했다. 학생들이 등교하기 전에 운동장을 내어 주어야 하니까.

느낌을 흩뿌리다

　언젠가부터 매스컴이 술렁거리더니 이내 온 세상이 정지상태가 되고 말았다. 발이 묶이고 숨마저 KF94 촘촘한 마스크로 걸러서 조심조심 쉬어야 했다. 기다리던 외손녀의 탄생조차도 맘껏 기뻐하지 못하고 숨죽여 맞이했다. 서당 개도 풍월을 읊게 된다는 길고 긴 세월을 그렇게 살았다.

　이제야 가파르게 그래프를 올리던 코로나19 확진자 수가 엑스축 근처에서 주춤거리고 있다. 실내에서는 아직 마스크를 써야 하지만, 야외에서는 제한받지 않는다. 엄격하게 시행되던 거리두기 수칙도 해제되었다.

　그리하여 나섰다. 다음 달에 있을 문학기행을 차질 없이 진행하기 위한 사전답사였다. 여행지에 대한 정보야 여기저기 차고 넘치지만, 건들마의 부추김에 그런 명분을 앞세우고 내달렸다.

1박 2일의 일정을 하루에 소화하자니 서둘러야 했다. 어둠이 채 가시지 않은 약속 장소에 저마다 간식 봉지를 든 임원들이 도착했다. 나도 과일 몇 쪽을 깎아갔기에 체면치레는 할 수 있었다. 톨게이트를 벗어날 때쯤 꾸물거리던 어둠이 마저 물러갔다. 마음에는 이미 햇발이 가득했다. 차창으로 스며드는 바람은 더없이 향기롭고 시원했다, 곧이어 모습을 드러낸 푸른 하늘에는 흰 구름이 몽실몽실 떠서 동행하였다. 평일이라 고속도로마저 뻥 뚫렸다.

논산문화원에서 만난 어느 시인이 극찬하던 목적지, 병산서원에 도착했다. 그녀의 말대로 '병산서원' 편액 밑 마루에 걸터앉았다. 초가을 맑은 햇살이 배롱나무 붉은 꽃을 비춰주고는 아래로 내리쬐어 낙동강 푸른 물을 시야로 데려왔다. '푸른 절벽은 오후 늦게 대할 만하다'지만, 이른 오후라도 좋았다. 지그시 눈을 감고 만대루 너머 유유히 흐르는 강물과 마주하자니 몸도 떠가는 느낌이었다. 구름으로 올라 세상을 돌아보니 평화롭기 그지없었다. 코로나19로 저당 잡혔던 3년여의 숨통이 한꺼번에 트이는 느낌이었다.

병산서원 마루에서의 여운을 안고 다음 목적지로 이동하려는

참이었다. k 회장님께서 마침 전화를 하셨다. 협회 운영에 관한 말씀이라서 메모를 해야 하는데 그럴 수 없으니 전화기의 녹음 버튼을 누르고 대화를 이어갔다.

늦은 시각에야 집으로 돌아와 서재에 앉을 수 있었다. 우선 낮에 녹음한 내용을 재생했다. 회장님의 말씀 중간중간 "알겠습니다." 하더니 "해야지요, 아니쥬" 하는 해요체의 내 말이 섞여 나왔다. 들뜬 내 목소리는 뜬금없이 병산서원 절경을 묘사하기도 했다. 춤추는 어조에 때로는 '~요'마저 생략되기도 했다. 제동장치도 방향키도 고장 난 내 말이 회장님을 향해 흩뿌려졌다. 그래도 상대는 애써 같은 어조를 유지하는 듯했다. 더 들을 수 없어 멈춤 표시를 눌렀다.

평소답지 않은 어투였다. 낙동강 강바람에 알랑하던 지성조차 날아간 것일까. 여과되지 못하고 흩뿌려진 느낌의 파편에 당황했을 얼굴이 떠올랐다. 방 안을 서성이며, 부서진 페르소나 밖으로 나를 다시 불러내었다.

'왜 그랬니?', '평상심이 아니었어. 알잖아, 그때 그 황홀경'…, 스스로 묻고 답해갔다. 수필가 강표성은 「말을 뿌리다」에서 이분법으로서의 참말이 아닌 거짓말의 폐해에 대해 이렇게 말한다. 어디든 날아다니는 그것들은 발이 없어도 천 리를 가고 한 사람의 입에서 나와 수천 사람의 귀로 들어간다고. 둥둥 떠다니는 그것들은 인터넷이나 휴대폰을 통해서 지구 반대편까지 휘돌아온다고…. 그런 말들이 거쳐 간 자리마다 관계는 덜컹거리고 세상에는 악취가 풍겨진다고 했다.

네가 흩뿌린 말은 참말일까, 거짓말이었을까. 꾸미지 않은 내 영혼의 나상에서 나온 말이니 참말이고, 듣는 이의 마음을 상하게 하여 관계를 덜컹거리게 할 테니 거짓말이라고도 할 수 있다.

낙동강 강바람에 훼손된 내 말의 참뜻을 어디 가서 도로 찾나. 화자도 기호도 왜곡되었으니 애당초 의도한 메시지를 환원하여 해석하기는 어려웠을 것이다. 그렇지 않더라도 담화 과정에서는 얼마든지 오해가 발생하는데 들뜬 기분의 방해 요소가 개입되었으니 내 의도와는 달리 제3의 의미로 왜곡되었을 것만 같다.

염치없지만 당시의 상황맥락을 고려해 주기를 고대한다. 우리가 어디 표현된 것만을 나타내기 위해서 표현하는가. 그러고 보니 병산서원은 어디 어디가 볼만하더라고, 들러서 오라고 맞장구를 쳐주기도 했었다. 너나없이 암울한 터널을 거쳐 이제야 출구를 겨우 마주한 터, 오랜 팬데믹의 구속에서 벗어난 자유로움에 겨워 쏟아낸 감성의 부스러기들을, 사전적 의미가 아닌 상황 맥락적으로 해석해 주었을 거라 애써 믿으며 스스로 다독거렸다.

텃멍

어느 글에서 밝혔듯이 발코니가 마음에 들어서 이 집으로 이사를 결정했었다. 혹자는 원목 난간이 근사한 타운하우스의 그것쯤으로 상상할지 모르나 스물아홉 평 아파트에 딸린, 평수에 비해 좀 넓은 발코니이다. 아파트 건물이 아랫부분만 도드라져 나온 것으로 보아 넓은 발코니는 저층 세대를 위한 서비스 공간으로 설계된 듯하다. 발코니 한쪽에는 한 평 남짓한 텃밭이 조성되어있다.

손바닥만 한 텃밭이 제구실을 한다. 이른 봄, 추위가 가시기도 전에 상추씨를 뿌렸더니 벌써부터 연하고 쌉싸래한 새 이파리를 쉴 새 없이 펼친다. 마트에서 사 온 대파도 뿌리를 잘라 묻었더니 쑥쑥 자라 이제는 대궁마다 동그랗고 하얀 꽃을 이고 있다. 들깨는 저절로 나서 무성히 자랐고 주말농장에서 얻어다 심은 백일홍과 쑥갓은 울긋불긋 꽃이 한창이다.

텃밭 앞에 의자를 내어놓고는 때때로 앉아서 멍하니 바라본다. 요즘 말로 '텃멍'이다. 그러다 보면 나 또한 한 포기 풀로 텃밭에 나앉게 된다. 내가 나를 본다. 좁은 텃밭 상황을 탓하지 않고 존재들이 오순도순 살아가는 모습에서 결핍을 채워가는 의지를 본다.

코로나19 범유행으로 온통 채워지지 않는 결핍뿐이다. 음식 끝에 정든다는데 지인과 밥 한 끼도 맘 놓고 먹을 수 없다. 마스크로 무장하고도 체온 체크에 신원확인까지 거친 뒤 정해진 의자에 정해진 숫자 이내로 거리를 두고 앉아서 밥을 먹는다. 아니, 돼지 사료 먹듯 열량을 보충한다. 이야기를 나누어도 눈치 보이며 밥은 물론 반찬도 각자의 앞접시에 제 몫을 덜어 저만 얼른 먹는다.

결핍을 다 채울 수야 있겠는가, 살아가는 것이 새로운 결핍의 뿌리를 끝없이 뻗는 일일 테니까. 의지로 결실을 빨아올리지만 언제나 꽃피워 열매 맺을 수 있는 것은 아니다. 오늘처럼 비라도 추적추적 내리는 날이면 처마 밑에 모여 비를 긋던 고향의 옛 친구들도 소환되어 함께 나풀거리고, 텃밭을 가꾸시던 어머니의 호미질 소리도 하늘나라에서 들려온다.

요즘은 호박순이 물음표를 이어가는 중이다. 호박은 자라면서 많은 거름이 필요하다는 건 익히 알았다. 어머니는 이른 봄, 찬바람이 가시기도 전에 서둘러 탱자나무 울타리를 따라 커다란 구덩이들을 드문드문 파 두셨다. 그리고는 아침마다 그곳에 요강을 비우셨다. 요강도 없고 그렇다고 변기를 비울 수도 없는 처지인 나는 퇴비를 한 포대 사다가 발코니 텃밭에 듬뿍 뿌리고 호박씨를 묻었다. 그런 덕에 호박은 하루가 다르게 줄기를 뻗어 올린다. 탱자나무 울타리 대신 발코니 철제 난간을 타고 쑥쑥 뻗어간다. 너무나 무성해서 곁줄기를 가끔 잘라서 호박잎쌈으로 즐긴다.

아침에 일어나 블라인드를 걷어 올릴 때 제일 먼저 눈길을 끄는 것은 붉게 핀 백일홍도, 향기로운 들깨 이파리도 아닌, 줄기차게 뻗어가는 호박순이다. 하루에 두어 뼘씩 자란다. 단절의 시간이 기약도 없이 길어져 갇혀 지내는 일상에 지치고, 우울감으로 늘어질 때 호박순을 보는 것은 마음에 햇살 무늬를 그려가는 일이다.

그런데 그것도 복이라고 과했단 말인가. 더는 자라지 못하고

길을 찾는 여정

간혀있는 모습을 마주해야 했다. 하필이면 쇠 난간에 원가지의 성장점이 맞닿은 것이다. 옆에 있는 효자손을 뻗어 살짝 건드려 주기만 하면 일은 해결된다. 그러나 그러지 않고 기다렸다. 그날부터 장검 같은 철제난간과 아기 조막손 같은 호박순의 대결이 시작되었다.

　이튿날도 팽팽했다. 고집스레 난관으로 버티는 난간은 역병처럼 기세등등하였다. 전염병의 창궐로 해가 바뀌도록 집안에 갇혀서 견디는 나나 철제 난간에 가로막혀 한 치도 나아가지 못하는 호박순이나 같은 처지가 되었다. 난간은 흰색으로 깨끗한 모습이지만, 속내는 시커멓고 바늘 끝도 들어갈 수 없이 고집스러운 쇳덩어리이다. 쇳덩어리는 한 치의 흐트러짐도 없이 수평을 이루며 버티었다. 호박순도 난간을 치받고 버티었다. 새로 돋는 이파리는 참다못해 옆으로 삐져나와도 성장점만은 올곧게 위로 향했다. 난간을 뚫기라도 할 기세였다. 바라보는 내 손에 주먹이 쥐어졌다. 줄기 두어 마디 아래는 자두 씨만 한 호박을 달고 꽃봉오리가 맺혀있었다. 수꽃이야 이미 여러 송이 피었지만, 암꽃은 처음 맺은 것이었다.

　사흘째의 줄기는 처절한 정도였다. 더는 올라가지 못하는 호박순은 노트르담 사원의 종지기 콰지모도처럼 기형이 되어 뭉쳐

있었다. 햇빛을 못 봐서 그런가, 가늘어진 줄기가 힘겹게 난간을 떠받치고 있었다. 뭉쳐있는 줄기는 단절의 시간을 견디는 나로 환치되어 어깨가 결리고 가슴이 답답했다. 저러다가 아예 꺾일지도 모른다. 맺혀있는 암꽃 봉오리를 어떻게 피워야 하나. 피운들 저 상황에서 어떻게 호박으로 거느릴 것인가.

그날 오후였다. 뻑뻑해진 눈도 달랠 겸 서재를 나와 텃밭으로 향했다. 근데 이게 웬일인가. 기다란 호박 줄기가 바닥을 향해 널브러져 있었다. 실바람에도 몸을 가누지 못하고 휘청거렸다. 견고하게 수평을 이루고 있는 철재난간을 쏘아보다가 들어왔다. 며칠 전 맞은 코로나백신의 후유증으로 내 몸도 휘청거렸다. 호박순처럼 축 늘어져 블라인드를 일찌감치 내리고 남은 오후를 누워서 보냈다.

다음 날 아침 블라인드를 걷어 보니 이게 웬일인가. 호박순은 다시 오르고 있었다. 진 것도 포기한 것도 아니었다. 흔들리던 줄기는 방황한 것이 아니라 길을 찾던 중이었나 보다. 불퉁지를 맛보려고 뜯지 않고 키우던 상추대궁을 덩굴손으로 잡고는 다시 오르고 있었다. 암꽃 봉오리는 어느새 자라서 샛노란 꽃잎을 활짝 열었다. 수꽃 한 송이를 뚝 따서 꽃잎을 조심스레 도려냈다. 꽃가루가 잔뜩 묻은 수술을 살그머니 가져가 암술머리에 부드럽

길을 찾는 여정

게 문질러 주었다. 기다림이 간절했나 보다. 마치 양극의 자석이 음극으로 이끌려가듯 수꽃의 꽃가루는 암꽃의 암술머리로 옮겨 붙었다. 며칠 동안 두통으로 시야마저 흐릿했었는데 호박꽃이 유난히 선명하고 예쁘게 보였다. 이제 고운 것의 상징으로 호박 꽃을 말해도 좋으리라.

　그리고 보니 손바닥만 한 텃밭이 우주이다. 성향이 다른 생명 어떤 것이 다른 하나를 지배하지 않고 우주 자연의 법칙에 따라 살고 있다. 주변의 여건에 흔들림 없이 자신의 주어진 본성에 충실하다. 나 또한 한 마리의 충실한 꿀벌로 비 오는 이른 아침 수 꽃을 땄다. 며칠 후면 한 접시의 애호박부침개가 코로나 블루로 잃은 내 입맛을 돋워 줄 것이다.

춤추는 언어

교정 작업 중이었다. 같은 인용문이 두 가지로 표기된 글이 포착되었다. 인용문은 언문철자법대로 쓰인 오래된 작품이라서 큰 도서관에나 원본이 있을 것 같았다. 마침 글 쓰시는 K 선생님에게서 전화가 왔기에 말씀 끝에 혹시 그거 소장하시느냐고 헛일 삼아 여쭈었다.

"글쎄요, 3천여 시집 중에서 금방 확인이···."

하시며 호탕한 웃음으로 미안함을 표하셨다.

그런데 몇 시간 후 원본을 찾았다며 손수 사진 찍어 보내 주셨다. 덕분에 번거로운 일을 쉽게 해결할 수 있었다.

날이 바뀌어 아침에 일어나 보니 이번에는 그분에게서 메일이

와 있었다, 어제는 얼떨결에 말을 잘못해서 죄송하다며 당신의
소장본은 시집만이 아니라 수필집까지 포함해서 3천여 권이라
고 하셨다. 보낸 시각을 확인해 보니 내가 아직 달게 자고 있었
을 이른 시각이었다. 이미 잊고 있는, 별일도 아닌 내용을 바로
잡아 주려고 잠을 설치며 마음 쓰시다니…. 몇 자 안 되는 글이
지만 길게 읽혔다. 그분께서 평소 어떤 마음가짐으로 문장을 쓰
시는지도 그려져서 배우고자 하는 다짐까지 하게 되었다.

언어의 힘은 대단하다. 돈, 돈 하며 동동거리는 신자유주의 사
회의 일상이지만 돈이 언어만큼 마음을 좌지우지할 수 있을까.
재화를 얻은 기쁨은 잠시뿐 더 큰 욕망을 불러오게 마련이다. 부
동산 부자로 우리의 부러움을 사는 한 친구는 요즘 밤잠을 설친
단다. 두 배로 뛴 종합부동산세 고지서를 받았다나. 반면 아름다
운 한마디 말은 오래 남아 마음을 따뜻하게 한다. 나는 종합부동
산세 같은 부자 증세는 낼 수도 없는 처지이지만 꿀잠 자고 아침
밥까지 맛나게 먹었다. 바로 한 줄 글 덕이다.

그런데 언어의 의미가 한결같지 않은 게 문제이다. 아 다르고
어 다르다지만 같은 '아'라도 다 같지는 않다. 같은 말이라도 맥
락에 따라 청자는 달리 받아들이게 된다. 다른 분에게서 그런 메
일을 받았다면 어땠을까, 그것도 자고 있을 시각에.

그분의 문자를 통해 평소 적확한 문장이 탄생하는 산실을 구경이나 한 듯 쾌감을 즐기던 내게, 3천여라는 숫자가 슬그머니 딴지를 걸었다. 나도 누군가에게 메일을 보내야만 하나. 어제 여러 사람과 주고받은 말속에 '3천여'라는 숫자가 섞였을 것이다. 숫자는 발이 없어도 내 말속에 몸을 싣고 다른 사람의 말로 갈아타며 '삼천리'를 가고 있을 테지.

메일은 주관적 호감으로 읽혔나 보다. 그분의 소설이나 수필에서 접하는 풍부한 어휘와 유려한 문장을 좋아했었다. 그런데 어느 날 대학병원 입원실에서 그분을 우연히 뵙게 된다. 겨우 고비를 넘긴 상황이었다. 그때 일을 떠올리니 다시금 떨린다. 그러던 분이 지금은 왕성한 집필을 하신다. 그 점이 신뢰와 존중을 견고히 하는 계기가 되고 메일을 호의적으로 해석하는 밑절미 역할까지 했나 보다.

이른 아침에 메일을 보내주신 심중을 헤아린다. '시집 3천여 권'과 '수필집과 시집 3천여 권'은 굳이 구분되지 않아도 된다. 어차피 나의 알량한 기억력으로는 그저 '많구나' 정도로 입력했다가 이내 지울 내용이었다. 그런데 바로잡으셨다. 말이란 돌고 돌면서 부풀고 변하기 마련이다. 누구에게나 허물없이 대하는 나를 익히 아실 테지. 그렇다면 입도 허물없이 가벼울 것을 염려하신 것은 아닐까.

　말하는 사람도 표현된 것만을 나타내기 위하여 표현하지는 않을 테니 어렵다. 서로의 상황과 맥락에 따라 의미는 국어사전을 떠나 펄럭거린다. 펄럭이는 의미를 헤아리지 못해서 야기되는 갈등이 얼마나 많은가. 그분의 메일을 호의적으로 해석했듯이 누군가의 말은 비호의적으로 곡해하여, 소금이 짜다는데 곧이 안 들은 적은 없었는지 되돌아본다. 또한, 내가 한 말 중에 의도를 벗어난 말은 없었을까. 이제껏 말로 먹고살아 왔으니 그동안 쏟아낸 말이 엄청날 테니 말이다.

　기르던 강아지를 잃고 열흘이 넘도록 눈물 바람이라는 친구, 흉허물없이 지내는 그녀에게 강아지가 그렇게나 좋았냐고 한마디 던졌더니 화용론의 방점을 찍는다.

　"강아지는 말을 하지 않잖아요."

멈춤의 미학

　길은 길어서 길이라는 생각이 든다. 한센병 시인 한하운의 '전라
도길'에 나오는 길을 떠올리면 너무나 길어서 숨이 막힐 지경이다.

　　천안天安 삼거리를 지나도
　　수세미 같은 해는 서산西山에 남는데
　　가도 가도 붉은 황톳길
　　숨막히는 더위 속으로 잘름거리며
　　가는 길.

　살다 보면 하룻길이 유난히 긴 날이 있다. 그런 날은 욕망이 분
출하던 서른 무렵으로 돌아가 이드와 슈퍼에고의 충돌로 흔들리

는 자아가 뙤약볕 붉은 황톳길을 서성거린다.

그럴 때는 멈춰야 한다. 옛날 한성에서 삼남으로 이어지던 기나긴 길에도 정거장 같은 천안삼거리가 있었다. 막걸리에 국밥까지 준비된 주막이었다. 주막 옆으로는 우거진 능수버들이 그늘을 만들어 뙤약볕에 지친 나그네를 잠시 멈춰 쉬게 했다. '전라도 길'의 화자도 능수버들 아래서 지까다비를 벗었단다. 벗고 보니 발가락 두 개가 떨어졌더라나. 그렇게 먼 길 걸어온 발을 쉬게 하던 곳이 천안삼거리이다.

천안삼거리는 조선시대부터 주요 길목이었다. 대전, 대구, 부산으로 이어지는 영남 방면과 논산, 전주, 광주로 이어지는 호남 방면 도로가 천안삼거리에서 갈라지고 합류하여 위로는 수원, 과천, 사당으로 향하여 서울까지 이어졌다. 그러니 짚신 달랑거리는 괴나리봇짐 진 수많은 나그네가 만나고 헤어지던 곳이 천안삼거리이다.

천안삼거리의 능수버들이 처음부터 휘휘 늘어졌던 건 아니란다. 길이 만남과 이별의 장소인 걸 증명이라도 하듯 전해오는 능소 이야기가 있는데 거기에 능수나무 지팡이가 등장한다. 능소 아버지 유봉서는 변방을 지키라는 나라의 부름을 받고 홀로 키우던 어린 딸과 길을 나선다. 천안삼거리에 이르러 더는 데려갈 수 없기에 주막에 딸을 맡긴다. 능수나무 지팡이를 땅에 꽂으며 이 나무가 무성히 자라면 돌아온다고 딸을 달랬다. 능수나무 지팡이에서 싹이 나고 가지가 자라는 동안 어린 능소도 여인으로 성장한다. 그러던 어느 날 과거 길에 주막에 들른 박현수 도령과 인연이 닿아 둘의 애틋한 사랑도 커간다. 이후 무성한 능수버들은 해마다 씨앗을 날려 천안삼거리 주변에 능수나무 군락을 이루었단다.

1980년 무렵에는 해마다 천안삼거리에서 천안삼거리문화제가 열렸다. 여러 프로그램 중에 능소아가씨 선발대회가 특히 성황이었는데, 어느 해에 나는 주 무대를 비켜나 영남루 근처 잔디밭에 펼쳐진 천안삼거리주부백일장 행사에 눈길이 갔다. 글제는 '동행'이었다. 동행이라는 글을 보는 순간 원추리꽃 노란 산자락을 지나 요령 소리 타고 올라가시던 아버지의 하늘길이 떠올랐다. 능소아가씨는 천안삼거리에서 아버지를 다시 만나 흥타령을 부르며 잔치를 벌였지만, 나는 거기서 아버지와의 갈림길을 떠올리며 원고지에 이별의 아픔을 적었다. 그것이 계기가 되어 이제껏 문인의 길을 가고 있다.

몇 해 전에는 천안삼거리에서 멀지 않은 상록호텔에서 수필과 비평작가회의 하계세미나가 열렸었다. 1박 2일 행사였는데 첫

길을 찾는 여정

날 일정이 끝나고 저녁 시간에 시도별 장기자랑이 있었다. 천안 수필가들이 주축이 된 우리 충남 팀은 능소전을 코믹하게 각색하여 무대에 올렸다. 능소보다 체격이 작은 박현수 역의 모 선생님 익살로 장내는 폭소의 도가니가 되었다. 검은색 스카프를 땋아 붙인 댕기머리 차림의 나 능소도 꽹과리 장단에 옷고름을 휘날렸다. 그때 1등하여 받은 상금을 어떻게 썼는지 기억에 없지만, 출연진이 한데 어우러져 흥타령을 부르던 흥겨운 장면은 사진으로 남아 지금도 인터넷에서 흥을 떠올리게 한다.

천안삼거리문화제는 천안흥타령춤축제로 이어져 오며 이제는 세계 춤꾼들의 잔치가 되었다. 평상시에는 공원화된 천안삼거리가 나그네뿐 아니라 천안 시민들에게 쉼터 역할을 한다. 우리들의 하루하루가 길 아닌가, 길고 험한 인생길. 목마른 하룻길의 샘터로, 때로는 잔치마당으로 존재하는 천안삼거리, 시가지의 확장으로 능소가 살던 주막에는 학교가 들어서고 현재의 천안삼거리는 굳이 따지자면 삼룡사거리이다. 그러나 그게 뭐 그리 중요한가. 오늘도 단톡방에 천안삼거리 소식을 올리며 잠시 멈춤을 권한다.

"천안삼거리에 능수버들 가지마다 연둣빛 봄이 왔어요, 쉬어 가세요!"

오늘이라는 선물

    귀뚜라미 노래에 잠에서 깨어났다. 창문을 여니 탄산수 같은 새벽 공기가 확 밀려왔다. 읽다 만 책을 펼쳤다. 두어 시간 지나니 여지없이 허리가 뻐근했다. 꽃 그림 책갈피를 끼워 책을 덮고는 길 건너 운동장으로 아픈 허리를 달래러 갔다.

    트랙을 따라 도는 예닐곱 사람들 틈에 끼었다. 아파트 건물 위 하얀 그믐달도 함께 돌았다. 서너 바퀴 돌고 나니 굳었던 허리가 조금 풀어졌다. 잠시 숨을 고르는데

    "허리가 그리 꼿꼿하니 을매나 좋아유, 보기 좋아유, 부러워유…."

    허리 굽은 할머니 한 분이 뒤뚱거리며 다가오더니 허리 아픈

내가 부럽다고 하셨다.

두어 바퀴 더 돌고 교문을 나서는데 십여 미터 앞에서 우리 아파트 위층에 사시는 아저씨가 걸어오셨다. 아직 지난밤의 꿈무니가 남아있어 사방이 희미할 뿐이지만 웨절룩거리며 걷는 모습을 보니 분명 위층 아저씨였다. 반갑게 안부를 묻자 반바지를 걷어 올려 수술 자국으로 얼룩진 다리를 내보이셨다.

"구들장 신세는 면했으니 고맙지유."

흉터에 놀란 나를 오히려 위로하시고는 운동장을 향해 멀어지셨다.

담장을 끼고 모퉁이를 도니 은은한 꽃내음이 기다리고 있었다. 벌름거리며 둘러보니 머리 위로 능소화가 한창이었다.

그 꽃처럼 환하게 웃던 친구가 있었다. 그 친구도 나처럼 능소화를 좋아했을까. 그녀는 능소화를 예쁘게 그려 책갈피를 여러 장 만들어 주었었다. 이제는 그녀를 볼 수 없지만, 그녀가 준 책갈피는 책을 읽을 때마다 곁에 있는 느낌이 들게 한다. 마음이 혼란스러운 것은 사건이 아니라 사건에 대한 각자의 판단이라는 책갈피의 글을 읽으면 그녀의 목소리가 들리는 듯하다.

나와 동갑인 그녀는 2년여 투병 생활을 했었다. 그러나 아픈 사람이라는 걸 잊을 정도로 내내 밝은 모습이었다. 막바지에 그녀가 쓴 '선물'이라는 수필이 있다.

> 눈을 떴다. 캄캄한 어둠 속에서 얼마나 헤맸는지 땀에
> 흠뻑 젖었다. 창문으로 어슴푸레 여명이 비쳤다. '아,
> 오늘이라는 선물이 왔구나!' (하략)

그녀가 남기고 간 '선물'이라는 수필은 날마다 새로운 나를 만나게 한다. 귀뚜라미 축가와 함께 받은 오늘, 허리가 굽은 할머니와 웨절룩거리는 위층 아저씨도 선물을 받았다. 그녀가 그렇게도 간절히 원하던 '오늘'이라는 귀한 선물이다.

어제는 지나갔고 내일은 알 수 없다. 오늘만이 온전히 내 몫이다. 이제 선물의 포장지를 뜯었다. 무슨 옷을 입고 무얼 먹으며 누구를 만나 무슨 이야기를 나누며 어떤 노래 부를까. 새벽공기가 한층 상큼하다.

길을 찾는 여정

효용

　예순이 되어서야 폐원신고서를 제출하고 겨우 자유를 얻었다. 그동안은 한쪽으로 치우친 삶을 살아온 것 같다. 다가올 날은 욕망이 적절히 충족되는 온전한 삶을 살아보고 싶었다.

　긴장감만은 그대로 유지하기 위해 근무하던 시간에는 뭐든 하려고 한다. 우선 꽂아두었던 책부터 읽어댔다.

　순자는 「권학」이라는 에세이에서 도덕적 학습은 끊임없는 과정으로서 죽음으로써만 끝나는 것으로 파악한다. 과연, 인문학서에는 파편화된 나와 주변을 하나로 통합하는 길이 있어 아직도 갈팡질팡하는 나를 바로 안내한다. 이치를 깨닫게 되었을 때는 봉새의 날개라도 얻은 듯 세상이 달리 보인다.

도덕적 학습뿐이랴. 갈등의 골을 지나 화합의 장에 이르는 소설을 읽을 때면 책 속에서 한데 섞이어 너른 들을 흐르는 강물이 된다. 『젊은 베르터의 슬픔』의 '베르터'나 『전쟁의 슬픔』에서 '끼엔'을 따라가다 보면 시간을 거슬러, 너울너울 춤추는 나비 앞에 꽃으로 붉어지기도 한다.

자원이든 자연환경이든 심지어 사람의 몸까지도 자본의 자기 증식을 위해 동원되는 신자유주의의 시대에 이런 가치 없는(?) 일에 겨우 얻은 자유를 할애하는 행위에 고개를 갸웃거리는 이도 있겠지만, 나에게는 더할 수 없는 효용이다.

북송 시절 진종 황제의 권학문은 천 년이 넘도록 회자하고 있다.

富家不用買良田 書中自有千種粟
安居不用架高堂 書中自有黃金屋
出門莫恨無人隨 書中車馬多如簇
取妻莫恨無良媒 書中有女顏如玉
男兒欲逐平生志 六經勤向窓前讀

'천종의 복록'도 '화려한 집'도 '딸기 같은 거마'도, '멋진 남자'(원문에는 顏如玉이라 했지만 내가 여자이기에 멋진 남자로 해석한다)도 모른 채 고갯마루에 올라선 것은 육경의 경전을 부지런히 읽지 못해서란다.

길을 찾는 여정

이제 와서 그런 것들에 연연할 게 무어 있을까마는 책을 맘껏 읽지 못한 것만은 아쉬움으로 남아있다.

해서 닥치는 대로 읽어낸다. 이러다가 정작 '천종의 복록'과 '화려한 집'과 '떨기 같은 거마'가 생기는 건 아닐까. 이 나이에 '멋진 남자'는 어찌 감당해야 하나? 유학의 경서만은 따로 빼놓았다가 한 번 더 고민한 뒤에 읽기를 결정해야겠다.

공부도 때가 있나

요즘 들어 혼자 미소 짓는 일이 가끔 있다. 한 발씩 앙감질로 콩콩 돌아 책상 앞에 다시 앉는 내 모습을 누군가 본다면 망령든 할망구로 오해할지도 모른다. 그러나 나는 지극히 정상인 예순한 살 대학생이다. 그동안 교습자로 살아오던 내가 학습자가 되었을 뿐이다.

이태 전, 폐원신고서를 들고 교육지원청을 찾았던 일이 떠오른다. 손에 든 서류봉투에는 학원 설립·운영등록증과 사업자등록증도 함께 있었다. 돌아 나올 때부터 나는 할 일이 없어지며 소득도 없는 '백수'가 된다는 의미였다.

그날을 위해 준비된 것은 없었다. 물질적·심리적으로 미래를

길을 찾는 여정

준비하는 것이 생애 과업이라지만, 코앞의 일에만 매달려 허덕거려왔다. 숨 가쁘게 쫓기는 나날이 버겁던 차에, 사업장이 재개발구역에 편입되었으니 이전하라는 재개발사업소의 통지를 받고 덜컥 감행한 일이었으니 무슨 준비가 있었을까.

교육지원청을 나올 때는 오로지 일에서 벗어난다는 후련함뿐이었다. 이후, 하루 일정을 적은 메모지를 주머니에 넣고 다니던 날과는 너무나 달리 한가한 생활이 시작되었다. 빈둥거리며 텔레비전 채널을 고르다가 싫증이 나면 낮잠을 즐겼다. 쌓아두고 읽지 못했던 책들을 마음 놓고 읽었다. 30여 년이나 길들었던 몸은 바뀐 현실에 적응하지 못하고 문득 시계를 올려다보며 놀라기도 했다.

그렇게 얼마간 지났다. 그런데 노는 것도 놀아본 사람이 논다던가. 어느 날부터 기분이 차차 가라앉기 시작했다. 몸이 여기저기 쑤시고 수렁논을 걸어가듯 행동도 굼떠갔다. 작은애까지 학업을 마무리 지었고, 남편의 통장을 통해 들어오는 얼마간의 연금소득이 있었지만, 그것이 마음의 허기까지 채워주지는 못했다.

잘살고 있는 걸까. 원증회고, 애별리고, 구부득고, 오음성고…, 팔고의 바다 한가운데에서 허우적거리며 세월만 낭비할 것인가.

그러던 중 SNS를 통해 인근 도서관에서 인문학 강좌가 있다는 사실을 알게 되었다. 바람이라도 쐬일 생각으로 나가 보았다. 마침 동양철학을 강의 중이었다. 강사의 강의 내용에 내 살아온 날은 비춰보았다. 답이 보이는가도 싶더니 더 많은 궁금증이 이어졌다. 네 번의 강좌로 앎에 대한 갈증만을 얻은 셈이었다. 인간은 본능적으로 학습하고자 하는 선천적 동기를 갖는다고 한다. 도서관 강좌를 계기로 내 안의 잠재해 있던 그것이 촉진된 셈이다.

그래서 시작한 것이 철학 공부이다. 처음에는 마음만 먹었지, 확신은 없었다. 누구에게도 알리지 않았기 때문에 외발적 동기는 기대할 수도 없었다. 겨우 용기를 내어 수강 신청을 할 때의 일이다. 인터넷에서 해야 하지만, 방법을 몰라 도움을 구하고자 관리처로 찾아갔다. 학부과정 3학년에 편입학이 되었기에 과목 선택의 폭이 비교적 넓었다. 개설 과목을 죽 훑어보고는 눈이 휘둥그레졌다. 너무나 많은 강좌가 개설되어 있는데 다 배워야 할 것들이었다. 그동안 정해진 일과대로만 시계추처럼 살아와서 궤도 밖의 일에는 너무나 깜깜했기에 철학은 물론 관광학도 공부하며 곳곳에서 견문을 넓히고 싶었다. 문학 분야의 깊이 있는 기저 학습으로 폭넓은 분야의 글을 쓰고 싶은 욕구도 생겼다. 유아교육학을 공부하여 갓 태어난 외손주에게 좋은 할머니도 되고 싶었다.

그런데 이 나이에 과연 해낼 수 있을까. 그동안 학생들을 가르치며 살아왔기에 학습이 얼마나 어려운지 잘 알고 있었다. 성적 5점을 올리기 위해서 얼마나 많은 연습문제를 풀렸으며, 밤늦은 시각까지 잡아 놓고 씨름한 시간이 얼마였던가.

우선 첫 학기에는 세 과목만 이수해 보기로 마음먹었다. 그 정도는 해볼 만했다. 그런데 등록을 하려고 보니 세 과목이나 여섯 과목이나 등록금이 같았다. 그럴 바엔 일단 모두 신청해 놓고 볼 일이 아닌가.

긴장 속에 수업이 시작되었다. 아무리 외워도 그때뿐, 콩나물 시루에 물 빠져나가듯 금방 잊히곤 했다. 반복과 맥락적 암기로 망각의 횡포에 직면하는 것 말고는 달리 방법이 없었다. 예전하고 다른 것은 유동성 지능만이 아니었다. 바쁘게 진행되는 학사 일정도 어리둥절했다. 이 사람 저 사람에게 묻고 여기저기 찾아다녀야 했다.

흙탕물에서 미꾸라지 움키듯 좌충우돌 두어 달이 지나고 중간고사를 치르게 되었다. 결과를 기다리자니 조마조마했다. "미쳤지!" 하고 머리를 쥐어박으며 '괜한 짓'을 후회도 했다.

이윽고, 한 학우로부터 점수가 발표되기 시작했으니 확인해 보라는 연락을 받았다. 떨면서 컴퓨터를 켰다. 성적이라는 칸을 클릭하는 순간 "헉!" 하고 놀랐다. 만점을 알리는 숫자가 내 이름 아래 반짝 뜨는 게 아닌가. 좀 전의 느낌과는 너무나 다른 환희의 떨림이었다. 그 후 며칠 사이로 나머지 과목의 점수들도 발표되었다. 여섯 과목 모두 만점이었다.

대부분 사람도 나처럼 자신이 가지고 있는 잠재력이 얼마나 되는지 잘 모르며 의심한다고 한다. 우리가 생각하기에 "야, 저 사람은 정말로 훌륭한 사람이구나." 할 정도의 사람도 사실은 자신이 가지고 있는 잠재적 가능성과 능력을 2, 30퍼센트밖에 발휘하지 못한 사람이라고 한다.

또한, 성인기를 지나 은퇴할 때가 되면 지능의 퇴화를 당연한 것으로 인식하기 쉽다. 그러나 교육학 전문가들은 이를 한결같이 부정한다. 선천적 유동성 지능도 관리에 따라 노년까지 유지할 수 있지만, 무엇보다 후천적인 결정성 지능은 계속 높아진다고 한다.

의료기술의 발달과 생활환경의 향상으로 100세 시대가 도래했다. 심지어 유전공학에서는 인간이 죽지 않을 때가 곧 올 것이라고도 한다. 반면 주5일 근무제나 조기퇴직 등으로 여가는 늘고 있다. 10년이면 강산도 변한다는 말은 옛말이 되었고 이제는 2, 3년이면 딴 세상이 찾아온다. 하루가 다르게 발전하는 과학기술은 지식기반 사회를 만들어 놓았고 정보화 사회에 대처하지 못하면 현대판 문맹인으로 고립될 수밖에 없다. 이런 상황들은 하나같이 자신을 새로이 창조할 수밖에 없는 이유이다.

인간을 형성되어가는 존재란다. 공부도 때가 있다는 말은 아동학습에서나 적용되는 말이다. 현재 우리나라에는 수많은 종류의 평생 교육기관 및 시설에서 성인을 위한 다양한 프로그램을 운영하고 있다. 개인의 삶의 질 제고와 도시 전체의 경쟁력 향상을 위해 절반이 넘는 지자체를 평생학습도시로 지정하여 학습공동체를 건설했다. 언제, 어디서, 누구나 원하는 학습을 즐길 수 있게 되었다.

나는 인지적 흥미에 이끌려 시작하였지만, 목적에 따라 궤도를 약간 수정했다. 이처럼 평생학습은 상황이나 목적에 따라 다양하게 이루어질 수 있다. 재취업을 위해서, 또는 사회적 관계망을 넓히기 위해서 등 각각의 동기에 따라 성장과 자아를 새로이 실현해 가는 것이다.

시작이 반이라더니 벌써 깨달아가는 과정에서 얻는 기쁨을 쏠

쏠하게 즐긴다. 틈만 나면 책상 앞으로 가게 된다. 그 앞에 앉으면 일상의 걱정거리 따위는 잊을 수 있으니 일거양득인 셈이다. '괜한 짓'을 시작으로 새로이 전개될 내 전환 인생이 자못 기대된다.

낙타

　낙타가 터벅터벅 발자국을 찍는다. 지평선에 맞닿은 하늘은 뙤약볕을 내리쬐고 말총 쳇불로 걸러낸 듯 고운 모래는 낙타의 넓은 발을 묻으며, 가는 길을 더디게 한다. 두 육봉 사이에 올라앉은 나는 떨어지지 않으려고 물컹한 것 하나를 두 손으로 움켜쥐었다.

　원래 운동신경이 둔하고, 익숙하지 않은 것에 대한 두려움이 있어서 망설였다. 그런데 의기양양한 일행을 보고는, 만약에 발생할 불의의 사고에도 책임을 묻지 않겠다는 동의서에 서명하고 말았다.

　다소곳이 앉아 기다리는 낙타 무리에게 다가갔다. 저만치에서 허연 배를 드러내놓고 모래 목욕을 하던 녀석도 있었지만, 그마저도 현지인의 지시에 일제히 거대한 몸을 일으켰다. 커다란 두 눈을 끄먹거리며 얌전히 서 있는 낙타를 골라 왼쪽으로 다가갔다. 낙타를 모는 사람이 고삐를 아래로 당기며 "추!" 하고 신호를 보내자 거대한 낙타가 내 옆에 다시 무릎을 꿇었다. 이때 놀라 소리를 지르거나 차림새가 요란하면 악취 나는 침을 사방으로 날린다고 한다. 실제로 어떤 낙타는 두툼하고 넓은 세 가닥 입술을 양옆으로 흔들어대며 푸우루루루 불만을 뱉어내고 있었다. 가이드의 주의 사항을 철저히 준수했기에 나를 태운 낙타는 입술을 꾹 다물고 뒷다리와 앞다리를 번갈아 천천히 세워 몸을 일으켰다.

낙타와 한 몸이 되어 사막을 간다. 육봉이 한쪽으로 자꾸 기울어지는 걸 보니 낙타의 건강 상태가 그리 좋지는 않은 거 같다. 늙었거나 못 먹은 증거이리라. 목주름 또한 윤기 없이 촘촘하게 접혀 있어서 나이 들어가는 나의 앞날을 보는 듯하다.

살아오면서 가끔 낙타라고 생각할 때가 있었다. 프리드리히 니체의 『차라투스트라는 이렇게 말했다』를 읽은 후부터였을 것이다. 처음 세상에 던져져 포대기에 싸인 채 대청마루에서 부엌이나 텃밭의 어머니를 기다려야 했다. 자라면서도 '훈장님'의 가

길을 찾는 여정

정교육에 수시로 욕망은 담금질 당해야 했다. 학교 가면서부터는 성인이 되도록 사회규범에 어긋나지 않도록 자유를 다스리는 법을 교육받았다.

아주 가끔 내 본연의 욕망과 자유에 대해 갈망해 보지만, 도덕적 강제 앞에 여지없이 무너져 이내 다른 사람들의 눈치를 보며 군중에 묻히고 말았다. 세속적 가치를 우습게 여기며 개인의 이익만을 위해 눈앞의 것에 집착하는 사자같은 이기적 인간을 못 견뎌 하면서…. 니체의 표현대로라면 비천하기 짝이 없는 인간이다.

어쨌거나 착하고 도덕적인 사람이 되어야 했다. 무거운 짐을 지고 뜨거운 사막을 걸어가는 낙타. 짊어진 짐조차 제 것이지만 남을 위해 소용될 것들이다. 어디로 가는지도 모르면서 그저 규범과 도덕이라는, 코로 해서 목덜미로 옭아매진 코뚜레와 고삐의 촉감에 따라 걷고 달린다. 어딘가에 있을 오아시스를 꿈꾸며 타율적 도덕에 복종할 뿐이었다.

그것이 낙타의 운명이다. 수백 킬로그램의 짐을 나를 수 있는 길고 튼튼한 다리와 여닫을 수 있는 콧구멍과 이중 속눈썹, 먹이는 물론 물조차 마시지 않고서도 사막에서 오랫동안 견딜 수 있는 신체 구조, 거기다가 타고난 순한 성격으로 명령을 잘 따르니 누군들 그를 즐겨 부려 먹지 않겠는가. 잡아먹히지 않으려고 포식자를 피해 사막까지 피해왔지만, 그를 기다린 건 코뚜레와 고삐였다.

낙타는 가시투성이 낙타풀을 먹는다. 뜨겁고 메마른 사막 군데군데 푸른 빛으로 웅크리고 있는 낙타풀, 살아남기 위해서 잎들을 날카로운 가시로 바꿨지만, 이름처럼 낙타만이 이 가시투성이를 뜯어먹는다. 처음 새순이 올라올 때는 부드러워도 이내 가시로 무장하고 나면 양이나 말은 감히 엄두도 못 낸다. 그러나 사막이 터전인 낙타는 이거라도 씹어야 생명을 부지할 수 있다. 웬만한 가시에는 찔리지 않고 넘길 수 있도록 구강구조가 적응되었지만, 설령 입안에 피가 나더라도 살아야 하기에 낙타는 낙타풀을 씹는다.

낙타 두 마리가 한 몸이 되어 사막을 간다. 아니 한 마리가 등에 올라타서 다른 한 마리를 부린다. 그의 봉 하나는 내 등받이가 되고 앞의 하나는 나의 안전을 책임질 손잡이가 되었다. 같은 사구인데도 낙타 등에서 내려다보니 오전에 올려다보던 그 모래언덕이 아니다. 썰매를 끌며 햇볕이 달구어 놓은 언덕을 기어 올라갈 때는 힘들고 아득했는데, 그저 구경거리일 뿐이다. 아름답기까지 하다. 저만치 뿌리가 허옇게 드러난 나무 한 그루가 보

길을 찾는 여정

인다. 모래바람에 삶의 터전을 빼앗기며 겨우 생명을 이어가는 나무를 낙타 등에서 내려다보며 즐긴다. 땅속에 묻혀있어야 할 뿌리가 얼기설기 드러나 지상의 나뭇가지와 상하로 대칭을 이룬 것이 그저 신기할 뿐이다. 책상도 컴퓨터도, 읽어야 할 책도 없다.

이윽고 꿈 같은 시간이 지나고 나를 실은 낙타가 출발지로 다시 돌아왔다. 앞다리와 뒷다리를 천천히 접어 나를 내려놓는다. 낙타 둘이 나란히 있다.

봄으로 오시는 당신

김용순 수필집

4장

마음 한 자락 남겨두고

트랜스젠더의 춤

인간의 내면은 전쟁터라고 했던가. 동창회장에게서 단체여행을 안내하는 SNS를 접했을 당시에는 피식 웃고 말았었다. 4박 5일이라니…. 그 긴 날 동안 어떻게 집을 비운단 말인가. 그런데 묘했다. 머릿속 결정과는 달리 가슴에서는 미련이 물풀처럼 끈적거렸다. 스마트폰 화면의 일정표를 눌러 보았다. 시수 삼만 사천 원짜리 강의가 두 번 있고 취업 준비하는 둘째의 생일이 들어 있었다. 식이요법 하는 남편 얼굴도 얼비쳤다. 안내 문자를 삭제하며 미련도 거두기로 거듭 마음먹었다.

그런데 뜻밖에, "너 안 가면 나도 못 간다."라는 한 친구의 말이 핑곗거리가 되어주더니 여차여차 상황이 바뀌어 비행기를 타게 되었다. 각지에서 모인 서른네 명에 가이드 한 명이 보태어져 비행기 뒤쪽 한 편을 독차지하다시피 했다. 돌보던 손주를 떼어놓고, 다니는 직장에서 휴가를 얻고, 회사를 맡기고, 학교를 부탁하고…. 각자 살아온 세월만큼이나 사연도 다양했다. 박달재 너머에 있던, 지금은 술 공장으로 바뀐 봉양초등학교에 같이 다녔다는 사실만이 '우리'라는 공통분모였다.

이국의 공항에 내리니 34도의 더운 공기가 외투 입은 몸으로 훅 달려들었다. 현지인들의 말은 귓가에서 와글거릴 뿐 소통 수단은 아니었다. 공항을 빠져나가니 각진 전신주에 묶여 늘어진 전선 뭉치들이 동공을 키웠다. 이윽고 일상적 사회와 지리에서 벗어난 것이다. 그제야 일상이라는 무대에서 일상이 배정해 준 배역에 맞게 썼던 가면을 벗어던질 수 있었다.

'별이 쏟아지는 밤' 빳따야로 향했다. '정'이라는 언어를 사용하는 나라답게 풍경은 감미로웠다. 도착하여 작은 배를 빌려 두 대에 나누어 타고 다시 코랄이라는 산호섬을 찾아 들어갔다.

가는 길에 바다 위에 떠 있는 어떤 구조물에 잠깐 들렀다. 현지 가이드가 나와서 '퐁당'과 '안 퐁당'이라고 쓴 종이를 들고는 손가락 두 개를 펼쳐 들었다. 나는 생각 없이 '퐁당' 줄 맨 앞에 섰다. 잠시 후 몸통을 밧줄로 묶더니 보트에 연결하고는 내달렸다.

낙하산에 매달린 몸이 바다 한가운데에서 공중으로 떠올랐다. 패러세일링이란다. '풍당' 줄에 섰다고 도중에 시퍼런 바다에 풍당 빠트렸다. 풍당 가는가 하는 순간 다시 건져 올려 하늘에 띄워놓았다. 텔레비전에서나 보아왔던 상황이었다.

산호섬의 바다는 대량의 쪽물이었다. 보트는 해안가 얕은 바다에 우리를 쏟아놓고는 물거품만 남기고 사라졌다. 학창시절 분단장이었던 어린이는 반장 할아버지가 되어 호각을 불어댔다. 가을 운동회에서 청백군으로 겨루었듯 네 팀으로 나누어 겨룬다고 했다. 나는 4조의 구성원이 되었다.

몇 가지 경기가 열띤 응원과 폭소 속에서 치러졌다. 초등학교 때처럼 피날레는 기마전이었다. 반장은 무릎까지 차오르는 얕은 바다에 우리를 네 줄로 세웠다. 그리고는 저만치에서 가슴팍 위만 물 밖으로 내놓고 서 있는 한 사람을 가리키며 그 사람의 모자를 벗겨 오는 팀에게 상품으로 줄 것이라며 번쩍거리는 금팔찌를 흔들어댔다. 우리는 금팔찌에는 관심이 없었다. 이번 여행을 위해 준비한 듯 유명브랜드 마크가 선명한 새 모자만이 목적이었다.

호모 루덴스라 했던가. 호각 소리에 맞춰 기마 여러 마리가 일제히 일어났다. 이어 철퍼덕 소리와 함께 폭소가 터졌다. 왜소한

마음 한 자락 남겨두고

말이 뚱뚱한 기수를 들어 올리다가 함께 곤두박질친 모양이었다. 우리 팀은 터지는 웃음을 억누르고 모자를 향해 텀벙거렸다. 요리조리 피하는 모자를 겨우 벗길 수 있었다. 모자를 움켜쥔 우리 기수를 싣고 의기양양하게 막 되돌아 나오려는 순간, 다른 팀 기수가 모자를 휙 낚아챘다. 우리는 말이고 뭐고 흩어져서 모자를 향해 달려들었다.

웃음소리와 고함은 쪽빛 바다의 파도였다. 무엇보다 표준어를 평생 가르쳐온 모자 주인 국어 선생의

"찌개져어, 모자 지깨진다구!"

하는 절규는 시간을 거꾸로 돌려 우리를 초등학교 운동회날로 안내하기에 충분했다. 너덜너덜해진 그의 새 모자와 금팔찌는 각각 하나씩이었지만, 이긴 팀과 진 팀 모두에게 고루고루 쾌락을 만끽하게 해 주었다. 금팔찌는 오락의 도구였을 뿐 소유의 대상으로 여기는 사람은 없었기에 나중에 그것이 위조품으로 밝혀졌을 때도 아무도 반장을 책망하지 않았다.

그렇게 4박 5일의 시간은 우리를 안고, 만물을 이롭게 하되 다투지 않으며 낮은 곳으로 가 물이 되어 흘렀다. 각기 다른 환경에서 50여 년간 살아온 서로 다른 계층의 존재들이 하나 되어 질서와 조화를 이룰 수 있었던 경이로운 나날이었다. 본성대로 행해

도 그것이 도덕에 어긋남이 없었던 이유는 무엇이었을까.

　노자에 의하면 행복은 무위에서 온다고 한다. 즉 사람이 하는 일이 많으면 도리어 혼란을 초래하고 공을 서두르면 도리어 파멸에 빠지는 일이 흔하다고 한다. 행복은 이른바 '남부럽지 않은 권세와 부를 누리면서 떵떵거리며 잘 먹고 잘사는 것'에 있지 않고 오히려 인위적인 세속의 욕망을 버리는 데서 누리게 된다고 한다. 4박 5일간 우리에게 각각의 세속적 일상은 단절되어 있었다. 그러기에 잠시라도 인위적 욕망은 접어두고 무위의 상태에 놓일 수 있었다.

　인천공항에 돌아왔을 때 벗어던졌던 가면부터 챙겼다. 갈 때 내가 버스표를 예매해 줬으니 올 때는 친구가 사 준 버스표로 천안행 공항버스에 얌전히 올랐다. 버스 안에서 눈을 감고 있자니 여행지에서 보았던 반남반녀의 댄서가 자꾸 어른거렸다. 빨간 드레스와 까만 연미복을 반씩 입고 흐느적거리는 음악에 맞춰 몸부림치던 남자도 여자도 아닌 그 사람. 어쩜 그것은 본성을 잃고 세속적 욕망에 휘둘리는 우리네의 은유가 아닐까. 집에 도착하니 그 춤 같은 일상이 아무렇지 않게 그 자리에 버티고 있었다.

　붉은 드레스와 검은 연미복 중에 하나만 입을 수 있다면 나는 어떤 선택을 할 수 있을까. 스스로 낸 숙제를 푸는 중이다.

마음 한 자락 남겨 두고

독립기념관을 즐겨 찾는다. 터 닦을 때부터 보아 왔으니 서른 해 넘게 인연을 이어오고 있다. 건립 당시 독립기념관 근처에 살았는데 생활권은 천안 시내였다. 개관일에도 시내 학원에서 뭔가 배우고 있었다. 강의가 끝나 귀가하기 위해 버스를 기다리는데 아무리 기다려도 오지 않았다. 우두커니 서 있기도 지루해서 버스노선을 따라 걷기 시작했다. 좁은 흙먼지 도로는 나처럼 걷는 사람들로 꽉 찼다. 가끔 버스나 승용차가 눈에 띄었으나 달리기는커녕 시동을 끈 상태로 인파에 갇혀 있었다. 그렇게 한여름 뙤약볕 속을 걸어 목천나들목 근처 독립기념관 진입로까지 갔다. 21번 국도가 뚫리기 전이니 사십 리도 넘는 거리였다. 그러나 독립기념관은 입구조차 들어설 수 없이 인산인해였다. 할 수 없이 발길을 틀어 집으로 가야 했다. 눈치 빠른 우리 옆집 아주머니는 그날 보리차에 얼음덩어리를 띄워 이어 날랐는데, 남편의 한 달 봉급보다 더 벌었다고 으스대던 얼굴이 지금도 선하다.

그때 못 간 독립기념관에 지금은 원 없이 자주 간다. 주차료 2,000원만 내면 입장료 없이 종일 배우고 느끼며 즐길 수 있다. 전문가들이 자료를 수시로 보완 교체 전시하고 하늘이 주변 경관을 날마다 새로 꾸며 주니 아무 때나 들러도 사계절 어느 하루 만족하지 않은 날이 없다. 요즘처럼 화창한 날씨에는 주변을 걸어보는 것도 큰 즐거움이다.

며칠 전에도 독립기념관을 찾았다. 단풍이야 아직 멀었지만, 운동 삼아 단풍나무 숲길을 걸을 셈이었다. 그런데 겨레의 탑을 지나 단풍길로 접어드는 길목에 못 보던 안내도가 눈에 띄었다. 눈에 익은 여러 위인 성함에 둘러싸인 애국시·어록비 안내도였다. 독립의 다리에서 시작하여 추모의 자리를 지나 다시 독립의 다리까지 배치되어 있어서 돌아보자면 운동도 꽤 될 것 같았다. 안내도를 따르기로 마음을 바꿨다.

백련못을 끼고 오른쪽으로 방향을 잡았다. 잘 다듬어진 조팝나무 가지마다 꽃봉오리가 발갛게 맺혀 곧 터져 나올 것 같았다. 코를 들이댔지만 KF94 촘촘한 마스크를 향기가 통과해 주지는 못했다. 봄이 와도 꽃향기를 즐길 수 없는 세월을 살고 있다. 이제는 마스크 끼고 지내는 일상이 그리 이상할 것도 없이 느껴진다.

우남 이승만의 어록비를 지나 이상화의 시비 앞에 섰다. '빼앗긴 들에도 봄은 오는가.' 여고 시절 입시 공부할 때 외우던 시였다. 작가는 독립운동하다가 여러 차례 옥살이를 치르고 그 때문에 발병한 위암으로 마흔넷 한창나이에 가신 분이다. 이태만 더 견디면 '봄'을 맞이할 수 있으셨을 텐데….

안타까움의 여운이 가시기 전, 만해 한용운 대선사의 어록이 새겨진 석비 앞에 다다랐다. 그의 품은 우주처럼 넓고 평화롭다. 타인들과 부딪치고 경쟁하고 싸우는 일상의 개별자가 아니라 색수상행식 오온이 화합되기 전 원래 있던 자리로 돌아간 우주적 자아, 그런 분이다. 그분에 기대어 지친 날들을 위로받고 싶었다.

시와 어록의 숲길은 백련못을 끼고 이어진다. 햇살에 반짝이는 윤슬에 이끌려 연못 가 벤치에 앉았다. 발아래 누런 잔디 사이로 연둣빛 새싹들이 올라오고 있었다. 독립은 새싹 같은 게 아닐까. 잔디가 지상을 뒤덮어도 때가 되면 기어이 뚫고 올라오고야 마는 푸른 생명. 한용운 시인께서도 자유는 만유의 생명이오, 자유를 빼앗긴 사람은 시체와 같다고 했다.

다시 걸었다. "단두대상에 홀로서니…," 한의사이자 교육사업가이신 강우규의 유서를 지나 대한독립군선언문 앞에 한참 머물렀다. 국민 대의를 위하고 민족발전을 위하여 최선을 다하자는 장건상 독립운동가의 어록비 앞에서는 한동안 두 손을 모으고, 곧게 자란 목련 나무 아래 오도카니 기다리는 도산 안창호 선생님의 말씀도 깊이 새겼다.

이윽고 유관순 열사의 비문 앞에 섰다. "오오 하나님이시어, 이제 시간이 임박했습니다…." 매봉산 중턱 열사의 초혼묘에서 읽었던 기도문이다. 아직 어린 여학생이었다. 얼마나 두려웠을까. 고개를 드니 목련 가지마다 뾰족한 꽃봉오리를 일제히 내밀었다. 희고 여리지만, 그 끝은 하나같이 하늘을 향해 치켜올렸다. 그날의 함성, 만세 소리가 들리는듯했다.

그렇게 한 바퀴 돌자니 꽤 시간이 흘렀지만, 짧게만 느껴졌다. 3년여 해를 넘기며 이어지는 팬데믹으로 너나없이 지쳐있는 이때 선열들이 이루어낸 고난의 극복사를 살펴보는 것도 괜찮겠구나 하는 생각을 했다. 앞으로도 계속 시비나 어록비를 추가할 예정이라니 언제든 또 가려고 마음 한 자락 그곳에 남겨 두고 돌아왔다.

마음 한 자락 남겨두고

또 하나의 고향, 광덕산

외지에 나가서 천안 산다고 하면 누구나 호두과자쯤은 떠올려 준다. 붕어빵에는 붕어가 없지만 후두과자에서는 고소한 호두가 씹힌다는 것까지도 아는 눈치다. 그런데 호두가 열리는 호두나무의 최초 재배지가 천안의 광덕산 자락이라는 것부터는 내 설명을 요한다.

광덕산 자락에 오래된 사찰 광덕사가 있는데 절 문 앞에 호두 관련 석비 두 개가 우뚝 서있다. 까마득한 날에 그 호두나무 묘목을 원나라에서 가져다 심었다는 유청신에 대한 공덕비와 호두나무가 우리나라에서 재배되기까지의 내용을 적은 전래 사적비이다. 경내로 들어가면 세 사람이 팔을 벌려야 겨우 안을 수 있는 호두나무 한 그루가 두툼한 보굿에 푸릇푸릇 세월을 쌓고 있다. 천연기념물 제398호로 귀한 대접을 받으며 지금도 가을이면 호두를 주렁주렁 매단다. 광덕이 호두의 시배지이자 주산지임을 증명이라도 하려는 듯 절을 중심으로 인근 산자락에 호두나무가 무성하다.

호두나무 시배지인 광덕사에는 호두 말고 다른 자랑거리도 많다. 고려 초기의 작품으로 보이는 3층 석탑이 있고, 팔각모양 지붕으로 특이하게 건축한 종각도 있다. 대웅전에 아미타여래와 약사여래를 봉안한 것도 그렇고, 발길을 돌려 나오다 보면 눈길을 끄는 오른쪽의 단아한 명부전 또한 그렇다.

광덕사를 품은 광덕산은 해발 699m로 그리 높지는 않으나 천안시 동남구 광덕면과 아산시 배방면, 송악면에 걸쳐 있는 큰 산이다. 게다가 산세가 수려하고 다양한 수종의 숲이 우거져 생태학적으로도 보물 같은 산이다. 나라에 전란이 일어나거나 하는 불길한 일이 있을 때면 울기까지 했다는 영험한 산이다.

신혼 시절 남편의 전근으로 낯선 땅 천안에 살면서부터 광덕산 계곡을 자주 찾는다. 처음 내 눈을 사로잡은 건 주변을 흐르는 맑은 물이었다. 산골짜기를 지나 이끼 낀 돌 사이를 도랑도랑 흐르다가 봄빛에 윤슬로 화답하는 계곡은 유정물이었다. 반딧

마음 한 자락 남겨두고

불이가 반짝이는 내 고향 박달재 계곡처럼 정겨웠다.

어느 날, 이웃과 어울려 삼겹살에 소주까지 준비해서 제대로된 야유회를 하게 되었다. 새하얀 꽃이 가지마다 조박조박 피어, 마치 흰 강아지 꼬리들처럼 사랑스러운 조팝나무 꽃무리 옆에 돗자리를 폈다. 꽃향기를 음미하는데, 이게 웬일인가. 조팝나무 꽃가지 아래로 윤기 자르르한 영아자 새싹들이 소복소복 올라오고 있었다. 한 잎 뜯으니 하얀 유액에 솟아올랐다. 어린 시절 나물다래끼를 채워주던 영아자가 분명했다.

어머니는 영아자를 메너지싹이라고 하셨다. 제일로 좋아하시던 메너지싹, 딸만 내리 다섯을 낳은 종갓집 외며느리는 언제나 근심의 엷은 그늘을 지니고 사셨다. 그러한 어머니께서 어느 봄날 내 나물다래끼를 뒤적이더니 "여어도 이게 있구나!" 하시며 잠깐일지언정 환히 웃으시는 게 아닌가. 메너지싹은 어머니께서 어릴 적 고향에서 자주 뜯으시던 나물이었나 보다. 어머니의 환한 얼굴을 더 보고 싶어서 어린 나는 틈만 나면 메너지싹을 찾아 계곡을 뒤졌다. 메너지싹은 양지바른 곳이나 높은 산등성이보다는 그늘진 깊은 골에서 뜯을 수 있었다. 애기똥풀 줄기에선 애기 똥 같은 진액이 흐르듯이, 메너지싹 줄기를 툭 꺾으면 젖빛 유액이 솟는다. 어쩌다 군락지를 만나 정신없이 뜯고 나면 손이고 앞섶이고 온통 하얀 유즙으로 얼룩져 있었다. 그래서 젖나물이라는 또 다른 이름을 얻었나 보다. 향긋하고 부드러울뿐더러 약효가 좋아 식용은 물론 약제로 쓰이기도 한단다. 여타 채소나 과일보다 비타민이 월등히 많아 비타민 나물이라고도 한다는데 생으로 먹든 데쳐 먹든 장아찌를 담아 먹든 아무리 먹어도 탈나는 일이 없는 순한 산나물이다. 가을이면 연보라색 꽃을 피우는데 길쭉한 다섯 장의 꽃잎이 마치 바람개비 날개처럼 돌아간 모양이다. 그 무렵 종일 바심일하시던 어머니의 귀밑머리가 늦가을 찬바람에 그렇게 날렸었다.

아무튼 그날 광덕산 계곡에서 메너지싹을 다시 보았다. 한 줌 뜯어 흐르는 계곡물에 담갔다. 삼겹살을 싸 먹어보니 바로 그맛이었다. 처음 접한다는 사람들도 상추보다는 메너지싹으로 손이 자꾸 갔다. 아삭하게 씹히면서도 질기지 않은 식감에다가 입 안 가득 감도는 향긋함과 쌉싸래한 뒷맛이 고기의 맛을 한층 돋워주었다.

메너지싹이 자생하는 광덕산은 산새 소리 곱고 물 맑은 내 고향의 한 언저리를 옮겨 놓은 듯하다. 그간 남편은 또 다른 고장으로 전근이 되기도 했었지만, 나는 학교 다니는 아이를 핑계로 광덕산이 있는 천안을 떠나지 않았다. 서울이 좋다고, 이제는 자

마음 한 자락 남겨두고

식들도 다 서울에 사는데 왜 천안만을 고집하느냐고 서울 친구들이 그러거나 말거나 나는 천안에 산다. 천안사람이 되었다.

경칩이다. 통통하게 물오른 조팝나무 꽃망울이 이내 터지겠지. 별 같은 꽃들이 무리지어 지상의 은하로 흐르면 설레는 마음에 광덕산 계곡으로 내달릴 것이다. 하늘에 계신 어머니도 남실바람에 환한 미소 실으시리라. 맑은 물이 노래 부르면 소복소복 메너지싹으로 어머니의 함박웃음이 피어날 테다. 메너지싹의 쌉싸래한 자극을 핑계로 눈시울을 적시게 될지도 모르겠다, 어머니의 치맛자락이라도 한번 보고 싶어서.

천안의 자랑거리

내가 사는 천안에는 자랑거리가 많다. 그중에 조선 영조 때 청백리이며 암행어사로 많은 이야기를 남긴 박문수를 빼놓을 수 없다. 그가 남긴 수많은 일화와 민담은 확장, 재생산되어 시대를 초월하며 지금껏 희망의 아이콘으로 존재한다. 어사 다음에는 마치 접미사처럼 박문수가 따라붙는다.

조선시대에는 무려 600여 명의 암행어사가 파견되었고 최고의 실학자 다산 정약용, 추사 김정희, 명재상 채제공 등이 모두 암행어사직을 수행했는데도 오직 박문수가 암행어사의 대명사처럼 인식되는 이유가 무엇일까. 박문수 역시 어사직 외에 도승지, 병조판서, 호조판서, 경기도 관찰사, 어영대장, 우참찬 등을

마음 한 자락 남겨두고

역임했으나 우리에게 박문수는 역시 암행어사로 존재한다.

그는 평소 탐관오리에 대한 징계를 강하게 주장해 왔다고 한다. 반면 빈민에 대한 구제에는 자신의 곳간을 열 정도로 너그러이 마음을 열었다. 지금도 경상도의 한 마을에서는 문수신을 마을수호신으로 모시고 정월대보름마다 제사를 지내는 풍습이 전해온다. 문수신은 바로 암행어사 박문수를 일컫는다. 굶어 신음하는 마을 사람들의 생명을 구한 어사 박문수는 이제 신으로도 존재한다.

구휼을 몸소 실천하는 그는 조정의 관리들에게도 이를 주장했다고 한다. 당파싸움이 극에 달하던 때라 반대당에서는 '정신 나간 사람'이라고 모략했다. 그러던 어느 날 이번에는 반대당이 수세에 몰리게 되었다. 조관빈이라는 사람이 모함을 당하여 극형을 당할 위기에 처했을 때, 박문수는 비록 반대파일지언정 진언하여 그를 구한다.

"사적으로는 웬수이나 공적으로는 합당한 죄가 아닙니다."

공과 사를 구분할 줄 아는 그는 조정의 눈치도 보지 않고 바른 정치를 했으며 오로지 백성의 편에 섰다. 그러니 지금껏 어사는 박문수요, 박문수는 문수신으로도 등극하여 추앙받는 게 아닌가 한다.

고맙게도 그의 묘소가 천안에 있어서 두 아이를 키우는 어미에게 많은 도움이 되었다. 아이들이 어렸을 때, 위인전에서 읽고 드라마에서 보았던 어사 박문수의 발자취를 체험하게 했었다. 실개천을 끼고 묘소로 올라가는 길이 아름다워서 나들이 장소로도 그만이다. 암행어사가 계신 곳이라는 말에 꽤 험한 산길을 앞서거니 뒤서거니 팔랑팔랑 오르던 두 아이의 모습이 눈에 선하다. 어사의 무덤에 가서는 호기심 가득한 표정으로 무신석을 올려다보곤 했었다. 마패 장남감을 치켜들고 암행어사 출두를 외치던 어린 두 자녀는 이제 어른이 되어 둥지를 떠났지만, 요즘도 나는 가끔 그곳을 찾는다. 박문수 어사가 이곳 천안 출신도 아니건만 이곳에 묻히게 연유도 재미있다. 어사께서 임무 수행 중에 한 선비의 억울함을 풀어주었단다. 어느 날 그 선비의 혼령이 나타나서 지금의 독립기념관 자리로 박문수 어사를 데려갔다. 박문수 어사가 보기에도 흡족하여 장차 묫자리로 쓰려고 지관에게 물었다. 지관은, 명당이 틀림없으나 그곳은 장차 나라에 쓰일 땅이라며 은석산 정상 부근에 있는 지금의 묫자리를 대신 정해 주었다. 과연 그가 은석산에 묻힌 지 231년 후에 지관의 말대로, 선비가 정해 준 자리에는 독립기념관이 들어서게 된다.

박문수 어사 묘를 가려고 천안시 동남구 북면 은지리 산1-1을 내비게이션에 입력하면 천안시청 뒤에 있는 우리 집에서 40여 분 거리에 있다고 안내한다. 경부고속도로를 이용하면 시간을 단축할 수 있지만 일반도로를 타는 여유를 선택하여 출발했다. 병천 못 미쳐 상동2리에 우뚝 서서 맞이하는 이정표, 고령박씨 종중재실, 은석사, 박문수 어사묘를 차례로 갈 수 있다고 기다란 화살표로 안내한다. 화살표대로 왼쪽 농로로 들어섰다. 묘까지 는 차가 갈 수 없고 은석산 아래 고령박씨종중재실 앞에 주차해야 한다. 재실에는 그동안 왕으로부터 받은 여러 통의 교지 그리고 그가 사용하던 소지품들이 보관되어 있다는데 일반인에게는 개방하지 않아 볼 수는 없다. 고즈넉한 재실에서는 인기척조차 없고 뒤란의 앵두나무만이 화사하게 만개하여 알은체했다.

재실 입구에 박문수 테마길 등산코스 안내판이 설치되어 있어 그대로 따라 올라가면 된다. 전에는 계곡을 따라 꼬불꼬불 이어 진 오솔길이었는데 한차례 수해를 입은 후 천안시에서 계곡물소 리길과 능선바람소리길을 새로 냈다. 좀 멀어지긴 했지만 넓고 안전한 길로 오를 수 있게 되었다.

계곡물소리길을 택해 올랐다. 은석사까지는 1킬로미터 남짓 한 거리이지만 한 시간 넘게 걸렸다. 중간중간 마련된 나무벤치 에 앉아 청량한 계곡물의 노랫소리를 감상하고 뾰족이 순 내미는 산풀들과도 눈 맞추었다. 산등성이로 타오르는 붉은 진달래, 저마다의 고운 소리로 합창하는 갖가지 산새들도 발길을 멈추게 했다. 고목의 두터운 보굿과 보굿에 의지해 살아가는 푸른 이끼들을 보며 무위의 아름다움을 확인하기도 했다.

이윽고 은석사에 도착했다. 쫄방쫄방 떨어지는 약수로 갈증을 달랬다. 그리 큰 절은 아니지만, 신라 문무왕 때의 고승 원효대사가 창건하였다고 하는 고찰이고 조선 인조 때의 김득신, 이극태, 권현, 유지림, 김만중 등 많은 문장가들이 모여 강론하던 곳이라 하여 잠시 발길을 멈추었다. 두 건의 문화제는 덤으로 감상했다.

다시 산을 오르기 시작했다. 은석사 앞마당의 이정표에는 250미터만 오르면 묘가 있다고 안내되어 있었다. 그런데 100여 미터 오르다가 나타난 이정표에는 400미터 더 가야 한다고 적혀있다. 옛길과 새로 낸 길의 차이였다. 좀 멀긴 해도 새로 낸 길이 넓고 편했다.

이윽고 박문수 묘 앞에 두 손을 모았다. 아이들이 달려들어 매달리던 문신석을 쓸어 보았다. 돌이끼로 온통 덮여 있어 오랜 세월을 짐작하게 했다. 육신이 그곳에 묻힌 지 265년, 그러나 후세의 가슴에서는 영원히 살아가실 분이다. 조정의 눈치를 보지 않고 소신대로 직언했던 분, 청렴하고 정직하여 아랫사람들에게 신임을 얻었으며 지금껏 신으로까지 추앙받는 인물이다. 거기다가 유모어 감각까지 뛰어난 분이었단다. 《영조실록》권87, 32년 5월조 끝 부분에는 다음과 같이 기록되어있다고 한다. "임금의 돌봄이 날로 높아져 벼슬자리가 정승의 반열에 이르렀다. 나라 일을 돌봄에는 마음을 다해 게으름을 피우지 않았으며 병조·호조의 판서를 지낼 적에는 바로잡아 고친 것이 많았다. 여러 번 병권을 잡아서는 사졸들의 환심을 샀다. 그러나 경연의 자리에서는 때때로 우스개 말을 늘어놓아 조잡한 병통이 있었다."

오석으로 만든 표지석에는 후세의 어느 사가가 다음과 같은 내용을 새겨 놓았다.

박문수(숙종17년 1691~영조32년 1756)의 본관은 고령이고 호는 기은耆隱이다. 문과에 급제한 후 관료생활 가운데 특히 암행어사로 활약한 일이 유명하고, 어영대장御營大將과 우참찬右參贊을 지냈다.

세무행정과 군사행정에 기여한 공로가 많았다. 사후에 충헌忠憲의 시호諡號가 내려졌다.

묘 앞에는 화강석으로 된 무신석武臣石과 두 개의 상석床石, 오른쪽 정면에 묘비가 있다. 묘비는 박문수 사후 61년 후인

1816년(순조16년)에 세웠다.

　고위공직자들의 분수에 맞지 않는 탐심으로 세상이 연일 시끄럽던 차에 박문수 어사 묘를 찾으니 황사바람 속에서 청명한 하늘을 만끽한 느낌이었다. 과연 두고두고 즐길 천안의 자랑거리이다.

　　　　　　　　　　　　　　　마음 한 자락 남겨두고

직산의 역삿길

　천안시 직산읍은 유서 깊은 역사의 고장이다. 34번 국도를 타다가 직산읍 군동교차로에 이르면 다섯이나 되는 문화재가 근처에 있음을 알리는 이정표를 볼 수 있다.

　이정표 순서대로 직산현 관아를 먼저 찾았다. 입구에 다다르면 삼남으로 통하는 길목을 상징하는 '호수계수아문'을 마주한다. 수많은 관리와 시인이 이 문을 드나들며 글을 남겼음을 증명이라도 하려는 듯 문 오른쪽에는 이신의의 시비가 있다. '사우가' 4수를 읽어 내리다 보면 여행자는 유생이라도 된 듯 몸가짐을 바로 하게 된다.

　조선 시대 직산현의 지방행정사무를 보던 그곳은 객사, 동헌,

내아 등 여러 동이었으나 현재는 일부만 남아있다. 그렇더라도 고즈넉한 관아를 둘러보는 느낌이 더없이 좋다. 단청 퇴색한 네 동의 건물 위로 고목들이 가지를 늘어뜨리고 담장을 사이에 둔 직산초등학교의 핑크빛 건물과 단풍나무 그리고 푸른 하늘이 대조적인데, 한 떼의 직박구리들이 이리저리 날아다니며 과거와 현재를 아우르고 있다.

"다 붙어 있어요."

직산의 문화재를 안내하던 서북구문화원 문 과장님의 말을 상기하며 두리번거리니 과연 근처에 온조왕 사당이 있다. 자동차도 갈 수 있는 길이지만 200여 미터 거리이니 호젓한 산길을 걸어 볼 것을 권한다. 근대 이후부터는 아름다움의 근원을, 존재보다는 인식에서 찾는다고 한다. 관아와 사당을 잇는 산길은 자연을 즐길 줄 아는 사람에게만 덤으로 주는 미적 쾌락이다.

『삼국유사』에 의하면 직산은 백제의 위례성 땅으로 온조왕이 나라를 처음 세운 곳이라고 한다. 『세종실록지리지』나 『신증동국여지승람』에 현재의 위치에 온조왕사당이 있었다는 기록이 있어 천안시에서 백제를 재인식하고 교육의 장으로 삼으려는 목적으로 숭모제를 이어오고 있다.

관아 입구의 이정표에는 온조왕사당과 직산향교가 다른 화살표로 되어있지만 역시 다 붙어 있다. 사당 마당을 지나 옆으로 올라가면 향교의 홍살문을 만나게 된다.

향교는 조선 시대 지방 국립 교육기관으로 공자와 성현께 제사를 지내고 유생들을 교육하던 곳이다. 직산 향교는 임진왜란 때 불타고, 현재 남아있는 다섯 동은 다시 세운 건물이다. 과거 제도의 폐지와 함께 역할마저 축소되어 지금은 문묘의 유지와 사회교화 사업의 역할을 하고 있다.

사악함을 물리친다는 홍살문의 뾰족한 삼지창을 마주하면 내 안을 들여다 보며 스스로 움찔 놀란다. 머리에서 가슴까지의 거리가 가장 멀던 어느 시인의 말을 핑계 삼아 다시 발길을 잇는다. 홍살문 안으로 삼문과 명륜당, 동재, 서재 등 유생들이 공부할 수 있는 시설이 있고 계단을 오르면 공자와 성현의 위패를 모신 대성전이 있다. 대성전 문을 밀자 야트막한 담장 밖에서 달래를 캐던 할머니께서, "거긴 초하루 보름에만 문 열어유."라며 말렸다.

주춧돌 하나에도 갈고 닦으라는 의미를 새겼다는 직산 향교를 둘러보자니 예나 지금이나 가르침의 과정이 쉽지 않음을 새삼 느꼈다.

둘러본 곳 외에 민익현 가옥이 붙어 있고 좀 떨어진 곳에 직산사 산성이 있으나 다음날의 즐거움을 위해 남겨 두고 발길을 돌렸다.

천 년의 시간 여행

　준비하지 않고 떠날 수 있는, 고생하지 않고도 느끼고 터득하고 즐길 수 있는 곳이라면 금상첨화의 여행지이다. 성거 사람이라면 아니, 천안 사람 누구나 비단 위에 꽃을 더한 아름다움을 누릴 수 있는 여행지가 바로 인근 성거 천흥사지이다.

　단지 햇살이 곱다는 핑계로 시동을 건다. 천안종합터미널에서 녹색 신호를 기다리며 내비게이션을 보니 16분 후 도착이란다. 10여 분 달려 우회전하자 천흥사지 당간지주와 5층석탑 등 천흥리 6경이 벽화로 맞이한다. 천흥사는 고려 태조 때에 창건된 큰 절로 현재는 당간지주와 5층 석탑만이 남아 상상의 나래를 펴게 한다.

　　　　　　　　　　　　　　　　마음 한 자락 남겨두고

절에서는 의식이 있을 때 입구에 당幢이라는 깃발을 세워 두는데, 깃발을 달아두는 장대를 당간幢竿이라 하며 이 당간을 지탱해 주는 돌기둥이 당간지주이다. 천흥사 옛터에는 깃발도 없고 당간도 없고 당간을 지탱해 주던 돌기둥인 지주만이 3미터 높이로 느티나무 옆에서 키 재기를 한다.

당간지주를 지나 잘 꾸며진 데크 길을 걷다가 이정표대로 천흥천을 가로지르면 천흥지 뚝 아래로 오솔길이 이어진다. 당간지주가 시야에서 흐려질 때쯤에야 천흥사지 5층석탑을 만난다. 걸어온 거리를 돌아보며 당시 천흥사의 규모가 얼마나 컸을지 짐작해 본다.

두 단의 기단에는 거뭇거뭇한 지의가 번져가며 천년 세월을 말해 준다. 기단基壇 위로 5층의 탑신을 올린 비교적 거대한 모습이다. 석탑의 규모가 점점 커지던 고려시대의 건축 흐름을 잘 보여주는 것으로 평가되고 있다. 특히 탑신에서 보이는 완만한 체감률은 온화하고 장중한 품격을 느끼게 해 준다.

오층석탑을 지나 야생화 향기 그윽한 데크를 시적시적 오르다 보면 호흡이 가빠질 때쯤 윤슬 찬란한 천흥지가 펼쳐진다. 시원한 바람을 맞으며 물가를 따라 마련된 산책길을 걷는 맛도 일품이다.

시간을 좀 더 할애하여 근처 만일사로 차를 몰면 또 다른 세상을 느끼게 된다. 백학 한 쌍이 불상을 조각하다가 날이 저물어 미완으로 남겨졌다는 마애불, 그래서 사찰 이름이 만일사晩日寺란다. 미완의 마애불을 보며 어떻게 완성에 이를 수 있을까 고민해 보는 시간은 어떨까. 여행은 몸으로 하는 독서라고 했다. 그런 다음에 독후감을 쓰듯 맞이하는 일상은 한결 몰캉하게 다가오리라.

마음 한 자락 남겨두고

그날의 함성을 듣다

비접촉, 거리두기 시대를 살아 보니 자유가 얼마나 소중한지 새삼 느끼게 된다. 잠시의 부자유가 이럴진대 주권 없이 36년의 일제강점기를 살아온 선조의 고통은 어떠했을까.

100여 년 전, 온 나라가 그러한 구속의 고통에서 신음할 때 목숨 바쳐 독립을 부르짖은 사람들의 흔적을 찾았다. 입장시장에서 진천 방향으로 10여 분 달려 양대리 128번지에 이르면, 우측으로 9미터 높이의 '입장 3.1독립만세운동기념탑'이 우뚝 서서 1919년 3월 28일 당시로 시간을 되돌린다. 네 방향에 부조된 조각과 음각된 비문을 찬찬히 둘러보다 보면 기미년 일제 치하의 그곳 양대 사립 광명학교 학생과 직산 금광회사 광부 700여 명이 태극기를 흔들며 대한독립을 외치던 모습이 마음에 그려진다. 탑 중간쯤에 횃불 치켜든 팔뚝의 불끈 솟은 힘줄에 시선이 이르면 가슴이 뛰기 시작하며 그날의 함성이 들리는 듯하다.

기념비문은, 열네 살의 어린 여학생들이 어떻게 독립만세운동을 준비했으며, 광부들의 항쟁이 얼마나 격렬했는지, 삽시간에 천여 명으로 늘어난 만세 인파의 함성이 어떠했는지 전한다.

비문을 읽다 보면 세계적인 전염병의 확산을 막기 위해 마스크를 써야 하는 답답함 쯤은 아무렇지 않아진다. 독립을 위해 만세를 부르던 어린 학생들과 광부들과 장꾼들은 마스크가 아닌 태극기를 방패삼아 미물의 바이러스가 아니라 불을 뿜는 총부리에 맞서야 했었다. 결국 세 젊은이가 시위 현장에서 총탄에 산화한다. 탑이 선 바로 그 자리였단다. 비록 막장의 고단한 삶이었지만 무엇이 옳은지 어떤 삶이 바람직한지 목숨을 담보로 보여주고 가신 광부들께 옷깃을 여미고 머리를 숙일 수밖에 없다.

충남지역에서 최초의 순국자가 날 정도로 격렬했던 이날의 시위는 기미년 3월 20일 양대리 광명학교 학생들의 시위와 더불어 입장지역 독립만세운동으로 기록된다. 이 움직임은 4월 1일 병천 아우내 만세운동을 일으키는 도화선 역할을 한 셈이다.

그날의 우렁차던 만세 함성과 일제의 무자비한 총탄 소리의

　　　　　　　　　　　　　마음 한 자락 남겨두고

아수라장을 아는지 모르는지 기념비 곁에서 샛노란 산국이 가을 바람에 향내를 섞는다. 이미 오래전에 직산금광이 폐쇄되었고 금을 제련하던 장소에 전자공장이 들어섰으며, 흥청거리던 광산거리의 주민도 하나둘 떠나면서 지금은 여느 농촌과 다름없이 고요하기만 하다.

천안 그리고 아우내로 이어지는 천안지역 기미독립만세운동의 도화선이 되었던 입장 만세운동의 함성을 간직한 3.1독립만세운동기념탑, 푸른 산 맑은 공기가 아니더라도 가끔은 찾아가 탑 앞에 머리 숙여 그날의 함성을 들어 볼 일이다.

성환의 국보와 천연기념물

천안시에는 국보와 천연기념물로 지정된 문화재가 세 건 있다. 그중 광덕사 호두나무를 제외하고 모두 성환읍에 위치한다. 근거리에서 가치 있는 문화재를 즐길 수 있으니 성환 사람에게 큰 복이다.

1번 국도변 대홍리에 국보 제7호 천안 봉선홍경사갈기비가 있다. 잘 자란 소나무 군락 사이로 비각이 자리하고 꽤 넓은 주차장이 텅 빈 채 관람객을 기다린다. 안내문을 읽다가 예전에 학생들에게 봉선홍경사갈기비를 설명하려 하자 한 아이가 묻던 말이 떠올랐다. "그거 맛있어요?" 현장에 가서 안내문을 읽어 보기 전에는 누구라도 그렇게 엉뚱한 생각을 할 법한 익숙하지 않은 이름이다. 안내판은 고려 현종 12년에 그곳에 200여 칸 규모의 거대한 사찰과 80칸 숙소를 지었다고 전한다. 5년 후 창건을 기념하기 위해 세운 비가 봉선홍경사갈비란다. 부왕의 뜻을 받들어 지었으므로 '봉선'이고 홍경사는 절 이름이다. 방비원갈方碑圓碣이라니, 부친의 뜻을 받들어 지은 홍경사의 둥근 비석쯤으로 이해하면 되려나. 그런데 아무리 둘러봐도 받침돌과 머릿돌을 모두 갖춘 장방형이라 '갈'자만은 여전히 아리송하다.

최충이 지었다는 비문의 내용에 따르면 그곳은 교통의 요지였으나 민가가 멀고 여관조차 없어 강도가 자주 출몰했다. 이를 안타까이 여긴 안종이 절을 지어 불법을 전하고 오가는 사람의 안전을 도우려 했으나 뜻을 이루지는 못하였고 아들 현종에 이르러 홍경사를 짓게 된다. '홍경'은 경사를 널리 베푼다는 뜻으로 실제로 나그네를 위한 숙소를 따로 두어 마초와 양식을 쌓아 두었다고 한다.

현재는 사찰도 숙소도 흔적 없고 넓은 들 가운데 봉선홍경사 갈기비만 남아 두 임금이 베풀던 덕치를 전한다. 말이 지나다니던 길은 잘 닦여진 1번 국도로 변하여 여전히 교통의 요지로 자동차들이 줄지어 오가고 있다.

비각을 뒤로하고 5분여 더 달려 연암대학교 근처에 이르면 천연기념물 427호 천안 양령리 향나무가 있다. 국내 최고령으로 천안시 성환읍 양령리 394-9번지 민가 옆에서 사철 푸르게 서 있다. 천연기념물로 지정될 당시 추정된 수령은 800년이지만 전설에 따르면 무려 1,200살이나 된단다. 밑동이 얼마나 굵은지 서너 사람이 양팔을 벌려야 겨우 안을 것 같고 우듬지는 고개를 뒤로 한껏 젖혀야 볼 수 있다.

자식이 없어 비손하는 사람들에게 아들딸을 점지해 주었다는 전설이 있어 신령스럽기까지 하다. 천 년 시간 비바람을 견디느라 겉은 거칠고 퇴색했지만, 아마도 속살은 향기로이 붉을 것이다.

예부터 향나무의 향은 부정不淨을 없애고 정신을 맑게 함으로써 천지신명과 연결하는 통로라고 생각하여 종교의식에 빠지지 않았다. 내 고향집 우물가도 허리 굽은 향나무가 있고, 제사 때면 아버지께서 향나무 붉은색 속살을 저미어 성냥불을 그어대셨다. 보얀 연기를 타고 방안 가득 퍼지던 향내가 그리워 천 살 향나무 보굿에 코를 대려는데, 풀무치 한 마리가 바짓가랑이에 뛰어올라 시공간을 되돌린다. 까마득한 향나무 우듬지 위로 보이는 하늘이 맑고 푸르다. 매년 정월대보름이면 마을에서 동제를 지낸다니 그때 다시 찾아보리라.

마음 한 자락 남겨두고

니케의 비상

　며칠째 희부연 하늘이었다. 스마트 폰을 켜면 미세먼지/초미세먼지 '나쁨'이라고 벌건 눈을 부라렸다. 형체도 없이 자욱하게 내린 그것에 꼼짝없이 구속당했다. 대섬 여행을 미룬 채 푸른 바다를 그리며 눌린 스프링으로 지냈다.

　이윽고 하늘이 맑아지자 하루를 온이 비웠다. 먼지뿐이랴. 내리누르는 추상의 모든 것들을 뒤로하고 벚나무 꽃잎 흩날리는 도로를 내달렸다.

　배를 타지 않고도 섬에 갈 수 있었다. 방조제로 바다를 건널 때 갈매기가 끼룩대며 다가왔다가는 멀어졌다. 대섬은 대나무가 울창하여 지어진 이름이라는데, 가서 보니 대나무보다는 소나무의 숲이었다. 지금은 섬 전체가 하나의 정원으로 개발되어 상화원이라는 새 이름으로 불린다. 해안을 따라 기이한 모양으로 서 있는 아름드리 노송들은 딴 세상에 온 느낌마저 들게 했다.

잔파도 찰랑거리는 해안을 따라 설치된 회랑을 걸었다. 걷다 지치면 군데군데 놓인 나무 벤치에 앉아 푸른 바다와 맑은 하늘을 즐겼다. 찬기 가신 솔바람이 불어와 속진을 털어갔다.

그런데 어디쯤에서였나, 한 여인이

"저기가 거긴가요?"

하며 둥근 통유리 벽의 아담한 2층 건물을 가리켰다. '상화원 침실 사건'을 떠올린 모양이었다. 그녀의 검지 끝 쪽에서 인적 없는 빈 건물이 우리를 고즈넉이 내려다보고 있었다. 우리도 한동안 말없이 올려다보았다.

사건의 진실은 무엇일까. '미투가 아니라 불륜'이라는 글을 자꾸 검색하게 된다. 그래도 그것이 인간적이므로, 적어도 여자를 도구화하지는 않았을 테니까…. 미투 운동의 근간에는 사람이 아닌 사람의 여자가 있다. 고려시대 유교가 전래 되고부터 여자는 주체의 개념에서 배제된 타자로 살아야 했다. 女無二夫 臣無二主라 하여 두 임금을 섬기려는 자 역모죄를 물어 3대를 멸하였듯이, 여자에게는 제 몸의 자기결정권조차 주어지지 않았다.

마음 한 자락 남겨두고

여인의 은장도는 女無二夫를 지키기 위한 방어용이기도 하지만, 실은 그렇지 못한 경우를 대비한 자결용이었다. 차마 은장도를 지니지 못한 피해당사자는 신체적 정신적 고통을 발설조차할 수 없이 사회의 냉대와 비난까지 감내해야 했다.

세월이 흘렀어도 여전하다. 여성가족부가 발표한 2018년 실태조사 결과를 보면 피해자가 주변의 부정적인 반응 및 행동으로 인해 2차 피해를 겪은 비율 27.8 퍼센트나 된다. 이러한 상황을 제도에만 기댈 수 없어 능동적으로 개선하려는 몸부림이 #Me Too 운동이다. 앞에 붙은 해시 태그는 '피해자 당신은 혼자가 아니며 우리가 연대할 것'이라는 메시지를 담고 있다.

시작은 미국에서였다고 한다. 2006년 사회운동가 타라나 버크는 힘없고 보호받지 못하는 흑인 소녀들의 심각한 성적 피해실태를 접하게 된다. 이를 묵과할 수 없어 세상에 폭로한 것이 #Me Too 운동의 근간이 되었다. 2017년 10월에는 헐리우드의 영화제작자 Harvey Weinstein의 비인간적 행위가 드러나면서 다시 도화선이 된다. 우리나라에서는 이보다 앞서 2016년을 기점으로 예술계는 물론 학계, 법조계 등에서 피해 사연들이 SNS에 올라오기 시작했다. 한 현직검사는 이 운동에 참여한 후, 자신이 당한 사건을 묻었으면 편안히 행복하게 살 수 있었을지도 모른다고 회고했다. 그렇지만 모두를 위해서 기꺼이 자신의 불이익과 굴욕감과 수치심을 무릅쓰고 세상에 꺼내 놓았다고 했다. 과거의 잘못을 단죄하지 않는 것은 미래의 범죄에 용기를 주는 것이라는 Albert Camus의 글에서 용기를 냈다고 한다.

상화원은 잘 꾸며진 운치 있는 정원이다. 마침 그날은 날씨까지 좋았다. 그런데 그곳 어디쯤엔가 있던 자그마한 조각상이 마음속에 남는다. 또 하나의 미세먼지로 존재하는 그것은 승리의 여신 니케라고 했다. 니케는 전쟁터를 날아다니며 승리를 안겨주는 신화의 여신이다. 그런데 무슨 연유인지 그날 본 여신은 한쪽 날개가 꺾여있었다. 비상할 수 없는 날개, 아직도 우리 사회에서 열등하며, 타자이고, 종속된 자로 은밀하게 존재하는 여자의 형상이었다.

궁극적으로 행복하려면 나와 타자가 더불어 사는 관계가 성립되어야 한다. 행복을 담보하는 것은 오직 도덕이라는 명제가 가능한 것은 나의 행복이 타인의 눈물을 담보할 수 없기 때문이다. 그러므로 니케는 날아야 한다. 갈매기 끼룩대는 맑고 푸른 하늘로 여신 니케가 날개를 펼칠 그날을 기대한다.

마음 한 자락 남겨두고

봉황을 찾아

봉황이 산다는 봉서산으로 향한다. 아직 잔설이 희끗희끗하지만 제법 온기를 띤 햇살이 이마를 간질인다. 오색의 봉황은 보이지 않고 무채색 직박구리 한 무리가 마중 나와 주변을 날아다닌다.

상서롭고 아름다운 봉황은 동방 군자의 나라에서 나와 사해四海의 밖을 날아 곤륜산崑崙山을 지나 지주砥柱의 물을 마시고 약수弱水에 깃을 씻고는 풍혈風穴에 잔다고 했다. 어디쯤에 있으려나.

입춘을 앞둔 봉서산은 아직 찬 기운이 남아있다. 파랑 주황 노랑으로 단장한 구조물을 지나 산 초입에 드니 찬바람이 훅 불어와 머리칼을 쓸어간다. 그렇다면 여기가 풍혈 아닌가. 발길을 서

두른다.

　요즘은 봉황이 더욱더 그립다. 그가 날면 세상이 온통 편하다
니 제발 날아와서 답답한 KF94 마스크 좀 벗게 해달라고, 팬데
믹 사태 좀 종식시켜 달라고 간절히 빌고 싶다.

　봉서산에 기대어 살아온 지 40여 년이 되었다. 봉황의 울음소
리가 들린다는 봉명동에서 일을 하며 봉서산의 동쪽 산자락과
접한 쌍용동에서 먹고 잤다. 그러다가 최근에 이사했다. 이사를
자주 하는 것도 재테크의 한 방편이라지만, 그런 데 눈 돌릴 겨
를 없이 적금 통장 하나 믿고 살아온 우리 가족은 발코니가 낡아
새시 틈으로 빗물이 스며들도록 한집에서 오래 살았다. 봉서산
을 가까이서 오를 수 있다는 것도 오래 산 이유 중의 하나였다.

　발코니의 손바닥 크기만 한 천장 얼룩이 점점 커지자 고민도
커져갔다. 봉서산 자락을 떠나는 게 아쉬웠지만, 이참에 새집을
구하기로 했다. 마침 서울의 부동산 광풍이 여기까지 불어온 터
라 살던 집은 중개사사무소에 내놓은 그 날로 사겠다는 사람이
나타났다. 당장 집을 보러 온다기에 하루만 기다려 달라고 했다.
그러거나 말거나 중개사는 부리나케 컴퓨터를 두드려 이사 갈
집 다섯을 들이밀었다. 처음으로 나를 데려간 곳은 이른바 역세
권이었다. 하필 거실에서 어린아이가 자고 있기에 대충 훑어보

　　　　　　　　　　　　　마음 한 자락 남겨두고

고 나왔다. 다음에는 차를 몰아 단풍 절정인 봉서산 자락을 돌았다. 오색으로 물든 봉서산은 오색의 커다란 봉황을 떠올리게 했다. 봉황의 꼬리쯤에서 차를 세웠다. 현관문을 열고 들어가니 맞은편 거실 창에도 봉서산 단풍이 가득 들어와 있었다. 넓은 창이 마치 커다란 액자 같았다.

이제 식구들의 동의만 구하면 되겠다 싶었다. 액자고 뭐고 코로나19로 난리인데 뭔 이사냐, 시간이 걸리더라도 신축 아파트를 분양받는 게 이득 아니냐 등등 이견이 분분했다. 이미 약속했으니 딱 한 사람에게만 우리 집을 보여 주자고 설득하고는 다음 날을 맞았다. 그런데 그 한 사람이 바로 계약을 하잔다.

그렇게 하여 마음먹은 뒤 이틀 만에 매도와 매수가 이루어졌다. 우리가 이사 갈 집은 당연히 봉서산 단풍이 거실 창 가득한 두 번째 집으로 정해졌다.

같은 봉서산이라도 전에 살던 곳에서 오를 때와는 다른 느낌이다. 입구에 들어서면 저만치 약수터가 보인다. 먼저 살던 곳에서는 산행의 마지막 코스에 있던 약수터이다. 약수터는 천안시에서 정기적으로 관리하므로 약수를 믿고 마실 수 있다. 여러 평상과 갖가지 운동기구들도 편리하게 이용할 수 있다. 굳이 힘들여 산을 오르지 않아도 얼마든지 봉서산을 즐길 수 있다. 머리

위에서는 방범용 CCTV가 동그란 눈을 반짝이며 지켜주니 저녁 시간에도 안전하다.

오늘은 산을 올라 보기로 마음먹었다. 오리나무 아래 수북한 낙엽을 들추니 어느새 연둣빛 생명들이 움트고 있다. 머리 위를 보니 검푸르던 소나무의 잎새들도 한결 옅어졌다. 오솔길 사방으로 오는 봄을 맞으며 해찰을 떨다 보니 어느새 약수터에 다다랐다. 이제부터는 가파른 나무계단이다. 내 눈에는 까마득하기만 하다. 시원찮은 무릎을 달래며 한 발 한 발 오른다. 숨이 차오를 때쯤 나무 의자 앞에 다다른다. 그러나 쉬지 않고 지나친다. 숨이 턱에 닿는다. 의자에서 잠시 쉬었다 올 것을 공연히 만용을 부렸나 보다. 그러나 어쩌랴. 마스크 틈으로 가쁜 숨을 고른다. 고개를 드니 이윽고 산등성이가 보인다. 어디선가 들려오는 '일 고옵 여덟!' 하는 맷비둘기의 구령 소리에 맞추려고 떨어지지 않는 발에 온 힘을 쏟는다.

이윽고 계단을 다 올랐다. 이제부터는 평탄한 산등성이 길이다. 눈이 녹아서 질척거릴 황톳길이지만, 야자 매트를 깔아놓아 진흙 묻지 않고도 갈 수 있다. 갈림길에 다다른다. 오른쪽으로는 팔각정이다. 어르신 서너 분에 장기라도 두시는지 고개를 한곳으로 향하고 모여 계신다. 왼쪽 길을 선택한다. 커다란 바위

마음 한 자락 남겨두고

몇을 지나 다시 오름길이다. 이제는 적응이 되었는지 숨이 가쁘지는 않다.

이윽고 정상이다. 지난여름 넘실거리던 시푸른 숲이 발아래서 나목으로 다소곳하다. 사방으로 빼곡한 아파트들도 내 눈 아래에 있다. 말라붙은 상수리나무 잎을 흔들며 바람이 불어온다. 답답하던 가슴이 확 트인다. 이윽고 편안해진다. 경쾌하다. 보이지는 않지만, 봉황은 봉서산 정상에 사는 게 틀림없다.